우리학교 자가티밈수집방

이상, 한 번만 더 날자꾸나

초판 1쇄 펴낸날 2014년 8월 28일
초판 2쇄 펴낸날 2015년 1월 16일

지은이 | 김예리
펴낸이 | 홍지연
펴낸곳 | 도서출판 우리학교
기획 | 김주환
편집 | 김영숙 소이언 전신애 김나윤
일러스트 | 이한나
아트디렉팅 | 정은경디자인
디자인 | 남희정
영업·관리 | 김세정
인쇄 | 한영문화사

등록 | 제321-2009-4호 (2009년 1월 5일)
주소 | 121-883 서울시 마포구 합정동 47-8 청우빌딩 6층
전화 | 02-6012-6094~5
팩스 | 02-6012-6092
전자우편 | school@woorischool.co.kr

값 12,000원

ISBN 978-89-94103-79-2 44800
      978-89-94103-59-4(세트)

이상, 한 번만 더 날자꾸나

김예리 지음

우리학교

〈우리학교 작가탐구클럽〉에 오신 것을 환영합니다

　지금껏 여러분은 어떻게 문학 작품을 읽어 왔나요? 시를 외우고 소설의 줄거리를 쫓아가는 것만으로도 숨이 차지 않았나요? 이제 의미도 모른 채 무작정 읽기만 했던 작품을 잠시 내려놓고 작품 읽기에서 사라져 버린 작가를 만나러 가 봅시다. 작가와 그가 살았던 시대의 생생한 이야기 속으로 흠뻑 빠져들어 봅시다.

　작품은 결국 시대와 사회에 대한 작가 자신만의 대결 방식입니다. 그렇기에 작가의 삶과 그가 살았던 시대를 알게 되면 작가가 작품을 창작한 의도가 무엇인지, 작품을 통해 무슨 이야기를 하려 했는지 더 깊이 이해할 수 있습니다.

　또한 작품 읽기는 작가와 독자가 나누는 대화의 과정이기에 작가 탐구의 방식으로 작품을 읽어 나가는 것은 독자가 능동적으로 의미를 구성하는 활동의 출발점이 될 수 있습니다.

　〈우리학교 작가탐구클럽〉은 작가의 삶과 작품 세계를 씨줄과 날줄로 촘촘히 엮었습니다. 작가의 빼어난 작품을 그의 삶의 맥락 속에 놓아 봄으로써 작가의 삶과 작품 세계를 입체적으로 이해할 수 있도록 만들었습니다. 우리 역사에는 누구보다 깊이 고민하면서 치열하게 살았던 위대한 작가들이 많습니다. 그들의 생생한 삶을 작품과 함께 감상하는 동안 우리는 우리 시대와 우리 문학을 새롭게 바라볼 수 있는 눈을 갖게 될 거예요.

예를 들어 「진달래꽃」을 읽으면 우리는 사랑과 이별에 가슴 태우는 화자와 만나게 됩니다. 그런데 김소월의 다른 작품들을 찾아 읽고 그의 삶을 들여다보면 김소월이라는 감수성이 풍부한 한 사내가 그 시대를 어떻게 견뎌 냈는지를 알게 됩니다. 그의 삶의 맥락에서 다시 「진달래꽃」을 읽는다면 그 울림은 이전과는 다를 것이며 그 시선으로 우리 주위를 살펴보면 이전에는 보이지 않던 것들이 생생하게 드러나 보일 것입니다.

왜 우리 문학을 읽고 사랑해야 하는지 아직 잘 모르겠다면 〈우리학교 작가탐구클럽〉의 문을 두드리세요. 일단 〈우리학교 작가탐구클럽〉의 문을 열었다면 여러분은 이 책에 나오는 작품을 찾아 읽지 않고는 못 배길 겁니다. 그게 바로 문학의 진짜 매력이지요. 자, 설렘 가득한 문학 여행을 떠날 준비가 되었나요?

작가탐구클럽에 오신 여러분을 진심으로 환영합니다!

근대인의 고뇌와 불안을 노래한 시인, 이상

　누군가는 종이에 써진 모든 글은 상처의 흔적들이라고 말합니다. 그 사람이 누구든 뭔가를 쓰고 싶다는 마음이 들었다는 것은 고요한 호수에 바람이 불어 물결이 생겨나듯이 고요했던 마음에 동요가 일어났기 때문이지요. 그 흔들림으로 마음속에 새로운 풍경들이 마구 만들어지고 있기 때문에 뭔가를 쓰고 싶다는 생각이 자꾸만 생겨나는 것입니다. 한 작가의 작품을 읽는다는 것은 바로 이렇게 물결이 일렁거리는 작가의 마음속을 들여다보고, 또 그 마음을 이해하고 공감하려는 것과 다르지 않습니다.

　그리고 여기, 여전히 아파하고 있는 한 작가가 있습니다. 한국문학사에서 가장 천재적이고 가장 창조적인 예술적 상상력을 펼쳤다고 평가되는 이상이 바로 그 작가입니다. 그러나 이상의 작품 중에는 낯선 언어와 이미지가 많이 등장할 뿐 아니라 작가 이상이라는 존재 자체를 낯설고 이상하게 생각하는 시선들이 많아 그의 작품을 이해하고 공감하며 읽는 것이 다른 작가에 비해 힘든 것도 사실입니다. 하지만 이상은 김소월과 함께 한국의 작가들이 가장 좋아하는 선배 문인이기도 하고, 또 문학의 영역 뿐 아니라 미술계나 건축계 등 다양한 예술 분야에서 흥미롭게 주목하는 매우 독특한 작가이기도 합니다.

뿐만 아니라 미국과 일본, 독일 등 해외에서 많이 번역되어 소개되고 있는 한국을 대표하는 작가이기도 하지요.

이런 작가의 작품을, 게다가 여러분처럼 문학을 좋아하는 친구들에게 소개할 수 있게 된 것이 저로서는 기쁜 일이 아닐 수 없습니다. 저의 안내를 따라 이상의 창조적이고 상상 가득한 예술 세계를 짐작해 보고, 또 이러한 창조적인 세계를 지탱하고 있는 이상의 고뇌 가득한 내면의 지도를 같이 한번 그려 보도록 해요. 처음에는 이상의 시나 소설들이 무슨 말인지도 모르게 다가오겠지만, 그를 이해하고 공감하려 노력하다 보면 어느새 이상의 슬픔과 기쁨과 희망과 절망을 함께 느끼고 있는 여러분을 발견할 수 있을 것입니다.

2014년 가을의 길목에서
김예리

차례

이상
1910 ~ 1937

꽃나무는 제가 생각하는 꽃나무에게
갈 수 없소 나는 막 달아났소
한 꽃나무를 위하여 그러는 것처럼 나는
참 그런 이상스러운 흉내를 내었소

1

문을 열려고
안 열리는 문을 열려고

{ '박제가 된 천재', 이상의 삶과 문학 }

조선 최고의 모더니스트

"박제가 되어 버린 천재를 아시오? 나는 유쾌하오."라는 문장으로 시작되는 소설 「날개」의 작가 이상(李箱)에 대해 여러분은 들어 본 적이 있나요? 그의 문학을 읽어 보지는 못했더라도 이름 정도는 알고 있을지도 모르겠습니다. 어쩌면 이상이라는 작가의 작품을 펼쳐 본 친구들도 있을 테고요. 하지만 문학에 비교적 관심이 많은 친구들에게도 이상의 시는 분명 상당히 낯설고 어렵게 다가왔을 거예요. 이상 시에는 이전 시인들의 시에서는 볼 수 없었던 숫자나 도형 같은 기호들이 가득하고, 쉽게 이해되지 않는 난해한 이미지들이 잔뜩 나열되어 있기 때문이지요. 그래서 이상 문학을 처음 접한 사람들은 그의 작품들이 난해한 말장난 같다고 말하기도 해요.

하지만 이상은 지금까지 활동해 온 한국 작가들 중에서 가장 천재적이고 독특한 작가로 평가되고 있고, 그의 작품들은 쉽게 다가갈 수는 없지만 뭔가 기묘하고 특이한 매력을 흘리고 있어 자꾸만 흘깃거리게 되지요. 여러분도 이상의 작품을 조금만 견디면서 읽다 보면 어느 순간 이상이 설계해 놓은 미로를 즐기면서 미로 속에서 출구를 찾기 위해 뛰어다니고 있는 여러분을 발견할 수 있을 거예요.

이상이 활동했던 1930년대에 그는 당대 비평가들로부터 '조선 최고의 모더니스트'라는 이름을 얻었고, 이상이 이 세상을 떠난 지 80년이 가까워 오는 21세기 현재에도 그는 여전히 '한국 최고의 모더니스트'로 불리고 있습니다. 그는 죽었지만 그의 문학은 여전히 한국 문학의 가장 최전선에서 활발히 숨을 쉬고 있습니다. 이상은 시인이면서 소설가이고 수필가이기도 했지만, 동시에 화가이면서 삽화가이자 건축가이기도 했어요. 아니, 조금 더 정확히 말하면 이상은 시도 쓰고 소설도 쓰고 그림도 그린 것이 아니라 시나 소설, 혹은 문학이나 예술과 같은 경계 자체를 초월한 사람이었습니다. 그러니까 그는 요즘 현대 예술가들이 그런 것처럼, 장르의 경계 사이를 자유롭게 넘나드는 한국 최초의 멀티(multi) 예술가이자 하이브리드(hybrid) 예술가였다고도 할 수 있지요.

한편, 이상은 30년대 경성 거리에 다방을 차렸던 사장님이기도 했습니다. 정지용의 「까페 프란스」라는 시도 있지만, 1930년대 경성에서 다방이라는 공간은 근대 서구 문명의 상징이자 동경의 장소였어요. 특히, 이상이 차린 다방 제비에는 예술가가 운영하는 가게답게 이상 자신이 그린 자화상과 쥘 르나르나 장 콕토의 문장이 적혀 있는 메모지들이 장식처럼 벽에 붙어 있었다고 해요. 그의 다방에는 김기림, 박태원, 정지용 등 이상과 함께 활동했던 1930년대 문인들이 자주 모여들곤 했어요. 마치 요즘 우리가 까페에서 친구들과 만나서 이야기를 나누거나 책을 보는 것처럼 다방 제비는 30년대 문인들에게 일종의 아지트이자 그들이 아무런 방해 없이 예술적 상상력을 마음껏 펼칠 수 있는 자유로운 공간이었던 셈이에요. 그들은 그렇게 제비 다방에 앉아 이야기를 나누거나 다방 구석에 자리 잡고 있는 축음기에서 흘러나오는 음악, 예를 들면 당대 최고의 바이올리니스트 엘만의 〈랄로 협주곡〉 같은 클래식 음악에 귀를 기울이며 문학과 예술과 사회에 대한 이야기를 주고받았습니다.

하지만 이상은 일본을 거쳐 들어온 서양의 근대적 지식과 문화를 아무 생각 없이 즐기기만 한 사람은 아니었어요. 만약 그런 사람이었다면 이렇게 오래도록 많은 사람들에게 사랑을 받지는 못했겠죠. 근대를 동경하는 모던 보이에 조선 최고의 모더니스트였지만 이상은 날카로운 감각으로 근대라는 세계가 초래하는 문제점을 읽어 내고 작품을 통해 이를 강하게 비판하기도 했어요. 그건 아무래도 이상이 식민지 지식인이라는 정체성(identity)을 가지고 있었기 때문일 거예요. 일본의 수탈 대상으로 전락한 식민지 조선의 현실이야말로 근대라는 빛나는 세계가 거느린 어두운 그림자 같은 것이었으니까요. 하지만 바로 이러한 점이 이상이 근대라는 세계를 비판적으로 바라볼 수 있게 한 계기가 되기도 했지요.

공교롭게도 이상은 한일병합이 되던 해에 태어났습니다. 그러니까 이상은 태어나면서부터 제 나라를 가져 본 적이 없는 사람인 것이지요. 게다가 멸망한 구 왕조, 조선의 궁궐인 경복궁 바로 옆 동네에서 태어났으니 어찌 보면 참 얄궂은 운명이었어요. 그리고 이상은 1937년 일본 동경에서 스물여덟 살의 꽃다운 나이로 세상을 뜹니다. 이렇게 머나먼 타지에서 외롭고 쓸쓸하게 죽어 갈 때까지 이 상은 자신의 삶을 고스란히 소설과 시의 창작 재료로 바쳤습니다. 자신의 삶을 창작의 재료로 바치다니, 무슨 말인지 잘 이해가 안 되죠? 하지만 앞으로 저와 함께 이상의 작품들을 같이 읽어 나가다 보면 이 말이 무슨 말인지 차츰 이해가 될 거예요. 여기에서는 다만 이 상이 어떤 삶을 살았는지 살펴보는 일이 이상의 문학을 이해하는 데 있어 아주 중요하다는 사실을 기억하면서, 그의 삶을 조금 더 자세하게 살펴보도록 해요.

슬픈 가족사

이상은 1910년 9월 23일, 지금의 종로구 사직동인 순화방 반정동에서 아버지 김영창과 어머니 박세창의 2남 1녀 중 첫째 아들로 태어났습니다. 본명은 김해경이었고, 아래로 운경이라는 이름의 남동생과 옥희라는 여동생이 있었죠.. 흰 얼굴에 마르고 기다란 목을 가졌던 이상은 어렸을 때부터 또래 아이들과 달리 조용히 앉아서 혼자 사색에 잠기는 시간이 많았다고 합니다. 당시 이상의 집 앞에는 인왕산과 북악산의 골짜기에서 흘러내린 물이 개울을 이루고 있었는데, 또래 아이들이 자주 그곳에 모여 물장구도 치고 개울 언덕에서 소꿉장난도 하면서 놀았다고 해요. 하지만 이상은 친구들과 어울려 노는 것을 마다하고 혼자 집 안에서 그림을 그리거나 낙서를 하고, 이것도 귀찮으면 벽에 등을 기대고 앉아 먼 풍경을 슬픈 눈으로 쳐다보곤 했다고 하지요. 이상의 시 중에 잠자리라는 뜻을 지닌 「청령」이라는 시를 보면 이런 구절이 있어요. "산은 맑은 날 바라보아도 늦은 봄비에 젖은 듯 보얗습니다." 아무리 맑은 날이라 해도 눈물이 그렁한 눈으로 산을 바라본다면 '늦은 봄비에 젖은 듯' 보일 수밖에 없었겠지요.

그런데 그의 삶을 유심히 들여다보면 이상이 왜 이렇게 조용하고 내성적인 소년으로 성장할 수밖에 없었는지 대충 짐작이 되기도 합니다. 요즘에는 이런 풍습이 거의 없어졌지만, 이때만 해도 가문의 대를 잇기 위해 장남의 집에 아들이 없을 경우 둘째나 셋째 아들의 자식을 첫째 아들의 집에 양자로 보내곤 했습니다. 이상의 아버지는 둘째 아들이었고, 이상의 큰아버지에게는 자식이 없었어요. 그래서 이상은 안타깝게도 갓 두 돌이 지났을 무렵 자기의 엄마, 아빠 곁을 떠나 큰아버지 댁으로 보내졌습니다.

여러분은 혹시 세 살 정도 된 아기를 가까이에서 본 적이 있나요? 뒤뚱뒤뚱 간신히 걸음을 걷고, 짧은 단어 몇 개로 자기 의사를 간단하게 표현할 수 있을 정도의 나이지요. 이 나이 때의 아이들은 자기를 보살펴 주던 사람이 눈앞에 보이지 않거나 신체적으로 만질 수 없는 상태가 되면 극도로 불안해한다고 해요. 아이의 이런 불안은 이 시기가, 조금 어려운 말로 타인과의 애착 관계가 형성되는 시기이기 때문이에요. 그런데 이상은 부모의 따뜻한 정을 듬뿍 받고 자라야 할 그 시기에 낯선 큰아버지 댁으로 혼자 보내졌던 거예요. 정신적으로 불안할 수밖에 없는 환경이었지요.

그나마 큰아버지 댁이 따뜻하고 안정적인 가정이었다면 어린 이상의 불안은 금세 다독거려질 수 있었을지도 몰라요. 하지만 1932년 큰아버지가 돌아가실 때까지 이십 년 가까이 머무른 큰집은 이상이 그리 편안하게 성장할 수 있는 환경이 되지 못했어요. 큰아버지는 조강지처인 원래 부인을 내보내고 외지에서 만난 두 번째 부인과 그 부인의 아들을 자기 마음대로 집으로 들였던 사람이에요. 지금도 살짝 고개가 갸웃거려질 정도인데, 지금보다 훨씬 보수적이었던 1920~30년대의 사회적 분위기를 생각하면 상당히 이해하기 힘든 행동이었죠.

　그러니까 이상은 굉장히 권위적이고 독단적인 큰아버지의 집에 양자로 들어가서, 큰아버지의 핏줄은 아니지만 어쨌든 큰아버지의 자식이 된 낯선 동생과 동생만큼이나 낯선 큰어머니와 함께 불안한 유년기를 보내야만 했던 것입니다. 새로 들어온 큰어머니의 입장에서도 이상은 불편한 존재였을 테고, 그런 큰어머니가 어린 이상을 따뜻하게 감싸 안고 돌봐 줄 수는 없었을 거예요. 실제로 이상이 죽고 나서 한참 뒤에 이상의 여동생 옥희는 이렇게 말합니다. "오빠는 세 살 때 웃는 큰어머니를 보고 무서워했대요. 그렇다고 울거나 하는 일은 없고 슬금슬금 문 밖으로 숨었대요." 이렇게 이상은 고아 아닌 고아의 모습으로 유년 시절을 보낼 수밖에 없었습니다. 그리고 불안하고 불행했던 그의 유년 시절은 그의 작품에 그대로 투영되어 있어요.

　이상을 힘들게 한 것은 그것만이 아니었습니다. 정서적으로는 힘들었지만 경제적으로는 별 부족함이 없었던 큰아버지의 집과 달리 이상의 부모님과 두 동생들은 지독한 가난에 시달려야 했어요. 이상의 아버지는 조선 궁내부 인쇄소에서 직공으로 일하다가 사고로 손가락을 잃은 뒤 이발소를 개업하여 근근이 생계를 이어 갔던 것으로 알려져 있습니다. 이상의 아버지는 큰아버지처럼 제대로 된 교육을 받은 사람이 아닌 데다 큰아버지로부터 집안의 유산도 제대로 나눠 받지 못했기 때문입니다.

그렇게 힘겹게 살아가는 가족들의 모습을 좋은 집에서 따뜻한 밥을 먹으며 지켜봐야 했던 어린 이상의 마음은 어땠을까요? 이런 상황으로 자신을 내몬 자신의 아버지와 큰아버지가 원망스럽다가 그 원망이 아버지들을 향한 분노로 바뀔 때도 있었을 것이고, 동시에 가난 때문에 가장 역할을 제대로 해 내지 못하는 무능력한 아버지가 안쓰럽다가 이런 상황을 바꾸지 못하는 장남인 자신 또한 무척이나 미웠겠지요. 혹은 이런 환경에서, 그리고 이런 환경이 만들어 내는 원망과 분노와 연민의 감정과 그런 감정들이 만들어 내는 고통으로부터 자유롭게 탈출하고 싶다는 생각도 들었을 거예요. 아버지가 미웠다가 안쓰러웠다가, 자기 자신이 미웠다가 안쓰러웠다가, 도무지 해결의 기미가 보이지 않는 운명의 수레바퀴를 아예 깨부수고 싶은 자살 충동에 휩쓸리기도 하는 등 하루에도 열두 번씩 마음이 요동치는 삶을 이상은 살았던 겁니다. 그 때문인지 훗날 이상은 가족에 대한 전혀 다른 두 개의 감정을 담은 글을 다음처럼 썼습니다.

가정

문을암만잡아당겨도안열리는것은안에생활이모자라는까닭이
다. 밤이사나운꾸지람으로나를조른다. 나는우리집내문패앞에서
여간성가신게아니다. 나는밤속에들어서서제웅[*]처럼자꾸만감해
간다. 식구야봉한창호[*]어데라도한구석터놓아다고내가수입되어
들어가야하지않나. 지붕에서리가내리고뾰족한데는침처럼월광
이묻었다. 우리집이앓나보다그러고누가힘에겨운도장을찍나보
다. 수명을헐어서전당잡히나보다. 나는그냥문고리에쇠사슬늘어
지듯매어달렸다. 문을열려고안열리는문을열려고.

1936년에 발표한 「가정」이라는 시에는 가족으로부터 해방되고
싶어 하는 이상의 심정이 잘 나타나 있습니다. 「역단」의 연작시 가
운데 하나인 이 시에서 이상은 "나는 우리 집 내 문패 앞에서 여간
성가신 게 아니다. 나는 밤 속에 들어서서 제웅처럼 자꾸만 감해간
다."라고 말하고 있어요. '문패'란 여기서 가족을 상징하는 이름이
고 보면, 이상은 가족 속에서, 혹은 가족 때문에 자신이 자꾸만 말라
간다고 말하고 있는 거예요. 한마디로 가족과 함께 살아가는 삶이
너무나 고통스럽다는 것이죠.

제웅 짚으로 만든 사람의 형상
창호 창과 문

22   이상

하지만 그 고통에서 잠시 잠깐 빠져나와서 가족의 얼굴을 보고 있노라면 또 짠하기 이를 데가 없습니다.

우리 어머니도 우리 아버지도 다 늙으셨습니다. 그분들은 다 마음이 착하십니다. 우리 아버지는 손톱이 일곱밖에 없습니다. 궁내부 활판소[*]에 다니실 적에 손가락 셋을 두 번에 잘리우셨습니다. 우리 어머니는 생일도 이름도 모르십니다. 맨 처음부터 친정이 없는 까닭입니다. 나는 외갓집이 있는 사람이 퍽 부럽습니다. (…중략…) 젖 떨어져서 나갔다가 이십삼 년 만에 돌아와 보았더니 여전히 가난하게들 사십디다. 어머니는 내 대님과 허리띠를 접어 주셨습니다. 아버지는 내 모자와 양복저고리를 걸기 위한 못을 박으셨습니다. 동생도 다 자랐고 막내 누이도 새악시 꼴이 단단히 백였습니다. 그렇건만 나는 돈을 벌 줄 모릅니다. 어떻게 하면 돈을 버나요. 못 법니다. 못 법니다.

「슬픈 이야기」 중에서

그래서 이 이야기는 '슬픈 이야기'입니다. 아버지는 손톱이 일곱밖에 없는 장애인이고, 어머니는 생일도 이름도 모르는 고아입니다. 앞에서 어머니 이름이 박세창이라고 해 놓고는 이제 와 이름을 모른다니, 대체 무슨 말인가 싶으시죠? 사실 세창이라는 이름은 이

활판소 활판을 짜서 인쇄하는 곳

상의 큰아버지가 동생의 이름 없는 아내에게 영창이라는 동생의 이름에 맞추어 지어 준 이름입니다. 이상의 어머니는 자기 이름이 뭔지도 모른 채 살아온 외롭고 불쌍한 사람이었던 겁니다. 그러니 이상에게는 외갓집이 없습니다.

외갓집이 어떤 곳인가요? 외할머니란 또 어떤 사람입니까? 함께 살며 부계 혈통의 풍습에서 집안의 법도와 가풍을 챙겨야 하므로 가끔은 엄하게 혼을 내기도 하는 친할머니와 달리 외할머니는 언제나 어린 손자를 따뜻한 가슴으로 안아 주는 사람이지요. 그리고 외갓집이란 그런 따뜻한 분이 계시는 아늑한 곳이고요. 이상은 외갓집이라고 표현했지만, 실은 이런 따뜻하고 아늑한 어떤 느낌에 대한 그리움을 이야기하고 있는 겁니다.

사실 우리도 가족에게서 이런 모순된 감정을 느낄 때가 있습니다. 엄한 아버지가 무섭다가도 따뜻하고 너른 품으로 우리를 안아 줄 때는 마음이 든든해지는 것처럼 말이에요. 이상에게는 따뜻하고 너른 품으로 자기를 안아 주어서 밖에서 힘들었던 시간을 위로받을 수 있고, 마음의 안정을 되찾을 수 있는 그런 공간이 너무도 그리웠던 것입니다. 아니, 이 말은 어찌 생각하면 앞뒤가 맞지 않는 말인지도 모르겠습니다. 이상은 한 번도 그런 느낌을 풍기는 따스한 가족을 가져 보지 못했으니 그립다고 말하는 것은 잘못된 표현인지도 모르겠어요. 이상은 한 번도 가져 보지 못한 것을 잃어버린 고아 아닌 고아였던 셈입니다.

그렇게 밖을 떠돌다 이십여 년 만에 다시 집으로 돌아와 보니 아

'박제가 된 천재', 이상의 삶과 문학

버지와 어머니는 여전히 가난하고, 여전히 힘이 없습니다. 또 마음이 찢어집니다. 하지만 그들은 나를 위해서 그들이 할 수 있는 최선을 다합니다. 어머니는 내 대님과 허리띠를 접어 주시고, 또 아버지는 집으로 돌아온 나를 위해 모자를 걸 못을 박아 주십니다. 이 모습이 또 짠하기가 이를 데 없습니다. 우리 집은 왜 이렇게 가난한 걸까요? 나는 또 왜 이렇게 무능한 걸까요? 이상은 이렇게 자기의 '슬픈 이야기'를 우리에게 들려주고 있습니다.

화가가 되고 싶었던 소년

이런 복잡하고 슬픈 가정환경 속에서 내성적인 아이로 커 가던 이상은 여덟 살이 되던 1917년, 요즘으로 치면 초등학교에 해당하는 신명학교에 입학하여 공부를 시작합니다. 어릴 때부터 명석해서 큰아버지의 기대가 컸다고 하는데, 그 시절 성적이 아주 좋다거나 그렇지는 않았던 모양입니다. 당시 이상의 성적표나 이상과 함께 학교를 다닌 사람들의 증언에 따르면 체육 과목을 유독 싫어했다고 하네요. 하지만 다른 과목에도 큰 흥미를 갖지는 못했던 것 같습니다. 다만 지리와 미술 과목만은 굉장히 좋아했다고 해요. 이따금 학교 비품실에 몰래 숨어들어 가서 수업 시간에나 잠깐 볼 수 있는 코페르니쿠스의 지구의를 만져 보기도 했다는데, 이때 세계지도가 그려진 지구의의 둥글고 찬 면을 아주 좋아했다는 일화가 남아 있습니다. 그 때문인지 「지도의 암실」과 같은 소설을 비롯해서 그의 작품에는 지도 이미지가 자주 등장하곤 하지요. 그리고 이상의 여동생 옥희는 오빠에 대해 이런 말을 하기도 했습니다.

　　오빠는 또 어릴 때부터 그림을 매우 잘 그렸습니다. 무엇이든지 예사로 보아 넘기는 일이 없는 그는 밤을 새워 무엇인가를 골똘히 생각하고 그것을 종이에 옮겨 써 보고, 그려 보고 하는 것이 버릇처럼 되었더라고 합니다. 열 살 때인가 '칼표'라는 담배가 있었는데, 그 껍질에 그려져 있는 도안을 어떻게나 잘 옮겨 그렸는지 오래도록 어머니가 간직해 두었다고 합니다.

　여동생 옥희가 말해 준 이상의 '칼표' 담배 도안 일화는 이상이 어릴 때부터 문학만이 아니라 미술에도 재능이 있었다는 것을 말해 줍니다. 그리고 여기 신명학교에서 어린 이상은 네 살 위의 친구를 하나 만나게 됩니다. 개성적이고 전위적인 작품을 그린 1930년대의 대표적인 야수파 화가, 서산 구본웅이 바로 그 친구였지요. 이상은 친구를 사귀는 데 별 관심이 없었지만, 취미가 비슷했던 둘은 곧 단짝이 됩니다. 신명학교를 다니던 이상이 친구가 없었던 것은 그가 워낙 조용하고 내성적인 성격이었던 탓도 있지만, 학교를 같이 다니던 동급생들의 나이 차가 열 살 이상 나는 이들도 많았기 때문입니다. 구본웅도 이상보다 네 살 위이긴 했지만 이상과 취미가 비슷했고, 그러다 보니 서로 관심을 갖게 되고 단짝이 되었던 것이지요.
　이상과 달리 구본웅은 넉넉한 집안의 자제였습니다. 구본웅의 아버지는 당시 조선 최대의 인쇄소이자 나중에 이상이 취직해 일하기도 했던 창문사(創文社)를 운영하던 사람이었는데, 이런 재력가의 자제였던 구본웅은 어린 시절 겪은 사고로 등이 휜 장애를 갖고 있었습니다. 그래서 '한국의 로트렉'이라는 별칭으로 불리기도 했지요. 19세기 프랑스의 소묘 화가인 로트렉은 명문 귀족의 아들로 태어났지만 어릴 적 사고로 양쪽 다리가 골절돼 더 이상 키가 자라지 않는 바람에 가문으로부터 버림받은 불행한 사람입니다. 비슷한 장애를 지녔지만 가족의 보살핌을 잘 받았던 구본웅과는 대조가 되지요. 그래서인지 로트렉의 화폭에는 무대 위의 무희, 뒷골목의 매춘부, 공장의 여직공 등 사회로부터 관심을 받지 못한 이들을 향한 따뜻한 시선으로 가득합니다. 그런데 재미있는 것은 1892년에 그린 그의 대표작 〈물랭 루즈에서〉라는 그림에 있는 작은 키의 로트렉과 멀대같이 큰 그의 친구가 마치 이상과 구본웅의 모습처럼 보인다는 것입니다.

어쨌든 재력가 아버지의 따뜻한 보살핌 덕분에 구본웅은 일찌감치 일본으로 유학을 다녀올 수 있었고, 일본과 조선에서 열린 미술 전람회에서 상을 받기도 하는 등 조선의 대표적인 표현주의 화가로 미술계에 이름을 알리기 시작했습니다.

이상 역시 불우한 환경 속에서도 그림에 대한 꿈을 포기하지 않았습니다. 여동생 옥희에 따르면 오빠 이상이 자주 "나는 화가가 될 거야"라고 했다고 하지요. 그리고 그렇게 말하면서 여동생 옥희에게 5전짜리 동전 한 푼을 쥐어 주고 한 시간만 움직이지 말고 앉아 있기를 부탁하는 경우도 있었다고 해요. 이렇듯 화가의 꿈을 키워 가며 신명학교를 다니던 이상은 졸업 후 불교 단체에서 운영하는 동광학교에 들어갑니다. 그러다가 1924년 동광학교가 보성고등보통학교에 인수되자 자연스레 보성고보로 편입을 하게 되는데, 그 학교에서 이상은 당시 미술 교사로 재직하고 있던 우리나라 최초의 서양화가 고희동 화백과 만나게 됩니다. 그리고 그가 심사하는 교내미술전람회에서 〈풍경〉이라는 그림으로 1등상을 받기도 했지요. 서양화를 전공한 고희동 화백의 눈에도 이상의 그림은 뭔가 달라 보였던 모양입니다.

시인 고은의 말에 따르면 이 그림은 자연의 순색에 하얀 베일을 씌운 것 같은 독특한 느낌의 그림이었다고 합니다. 그리고 아마도 그 풍경은 이상 자신이 어린 시절을 보냈던 곳의 풍경을 마음속에서 이리저리 새롭게 구성하여 그려낸 심상(心象)적 풍경화였을 것이라 추측하기도 하지요. 이를테면 다음과 같은 풍경 말이에요.

거기는 참 오래간만에 가 본 것입니다. 누가 거기를 가 보라고 그랬나―모릅니다. 퍽 변했습디다. 그전에 사생(寫生)하던 다리 아치가 모색(暮色)¨속에 여전하고 시냇물도 그 밑을 조용히 흐르고 있습니다. 양쪽 언덕은 잘 다듬어서 중간중간 연못처럼 물이 고

모색(暮色) 날이 저물어가는 무렵의 어스레한 빛

였고 자그마한 섬들이 아주 세간[*]처럼 조촐하게 놓여 있습니다. 게서 시냇물을 따라 좀 올라가면 졸업 기념으로 사진을 찍던 목교(木橋)가 있습니다. 그 시절 동무들은 다 뿔뿔이 헤어져서 지금은 안부조차 모릅니다.

「슬픈 이야기」 중에서

하지만 이상은 그림 공부를 계속할 수 없었습니다. 당시 그림 공부를 제대로 하려면 일본으로 유학을 다녀와야 했을 뿐 아니라 이상 스스로도 자신이 처해 있는 상황을 모른 척할 수가 없었기 때문입니다. 게다가 큰아버지는 늘 이상에게 건축과를 졸업한 뒤 조선 총독부 같은 큰 건물을 짓는 사람이 되어야 한다고 입버릇처럼 말하곤 했지요. 큰아버지의 압력 때문만은 아니었지만 어쨌든 이상은 1926년 4월 경성고등공업학교(이하 '경성고공') 건축과에 입학을 합니다. 훗날 서울대학교 공과대학이 된 경성고공은 일본이 조선에 설립한 최고의 이공계 관립 전문학교로, 식민지 개발과 지배를 원활히 진행하기 위해 고급 기술자나 경영자를 양성하려는 목적으로 세운 학교였습니다.

경성고공 때의 성적표를 보면 이상은 이때의 공부들을 무척 재미있어했던 것 같습니다. 게으르고, 혼자 있기를 좋아하며, 명상을 즐기던 이상이 삼 년 동안 결석한 날 수가 손에 꼽을 정도니까요. 심

세간 집안 살림에 쓰는 온갖 물건

지어 1학년 때는 개근을 했고, 3학년 때는 단 하루만을 결석했어요. 게다가 삼 년 내내 이상의 성적은 최상위였습니다. 물론 체육은 여전히 싫어했지만요. 1929년 경성고공을 졸업할 때 이상의 성적은 놀랍게도 수석이었습니다. 이상이 입학할 때 건축과에는 모두 열세 명이 입학했는데, 한 명이 중도 탈락했으니 열두 명 중 1등이었던 것입니다. 그리고 나머지 열한 명은 모두 일본인이었고요.

건축학적 상상력으로 세계를 투시하다

여기서 잠깐 이상이 배웠던 건축이라는 것이 무엇인지 생각해 봅시다. 건축이란 물론 여러 가지 재료를 이용하여 다리 같은 구조물이나 건물을 세우는 일을 뜻합니다. 그렇다면 우리가 건축을 하기 위해서는 어떤 지식이 필요한가요? 다시 말해, 건축을 배운다는 것은 무엇을 의미하는 걸까요?

그것은 바로 수학을 배우고, 각도를 배우고, 숫자와 선의 세계를 기반으로 한 설계도와 조감도를 그리는 법을 배우고, 청사진 찍는 법을 배운다는 것을 의미합니다. 화가들은 구불구불한 자연의 선을 그대로 그리지만, 건축가는 자와 각도기를 들고 세계를 숫자로 계산하면서 직선으로 변환하는 사람입니다. 화가는 우리가 살고 있는 이 세계를 평면의 화폭에다 재현하는 사람이지만, 건축가는 평면에 그려진 설계도를 보고 입체의 건축물을 투시하는 사람이지요.

이상의 소설 「종생기」를 보면 이런 구절이 나옵니다. "왜 나는 미끈하게 솟아 있는 근대 건축의 위용을 보면서 먼저 철근 철골, 시멘트와 세사(細沙)*, 이것부터 선뜩하니 감응하느냐는 말이다." 건축가는 숫자와 같은 정확한 언어로 공간을 설계하고, 아무것도 없고 어떤 경계도 서 있지 않은 허허벌판 위에 철골을 세워서 시멘트를 바르고, 마침내 건물을 완성하는 공간 창조자이자 눈에 보이지 않는 철골의 구조물을 투시하는 공간 투시자입니다.

경성고공에서 배운 건축학적 지식은 이상의 문학적 상상력에 닐개를 달아 주었습니다. 실제로 이상의 문학적 세계에는 이러한 건축학적인 상상력이 굉장히 자주 발휘되고 있습니다. 그 유명한 이상의 「오감도」나 「조감도」, 「삼차각설계도」, 「건축무한육면각체」 같은 연작시들이 대표적인 작품들이라고 할 수 있지요.

하지만 그림에 대한 이상의 열정 또한 완전히 사라진 것은 아니었습니다. 경성고공 건축과에 입학한 뒤에도 교내 미술부에서 활동을 했으니까요. 이 시절 이상이 그렸던 그림은 거의 남아 있지 않은데, 다행히 1928년에 그린 자화상만은 사진으로 남아 있습니다. 그후 경성고공을 졸업하고 조선총독부 건축과에 취직해 다니고 있던 이상은 1931년 제10회 조선미술전람회에 〈자상(自像)〉을 출품해 입선을 하기도 합니다. 입선한 그의 그림은 당대 미술 평단으로부터 "무엇인지 새로운 것을 보여 주려고 노력하는 신경의 활동이 있다."라는 평가를 받기도 했지요.

세사(細沙) 가늘고 고운 모래

그림에 대한 열정을 이렇게 표출하고 있을 당시 이상은 조선총독부 내무국 건축과 기수(技手)[*]로 발령받아 직장 생활을 하고 있었습니다. 하지만 직장 생활은 따분했습니다. 조선총독부라는 곳이 당시 최고의 행정 관청이고, 또 이상이 조선인으로는 드물게 이곳 건축과에서 근무하는 엘리트였다고 하더라도, 이론적인 차원에서 배웠던 건축학적 고급 지식과 책을 통해 경험했을 서구 건축학자들의 예술적 사유를 건축 현장에서 실제로 실현할 수 있는 가능성은 없었습니다. 식민지 조선인인 동시에 갓 발령받은 신입 사원 이상이 할 수 있는 일은 기껏해야 서류 정리나 건설 현장에서 노동자들을 관리 감독하는 일이었으니까요.

그러고 보면 1931년 조선미술전람회 입선은 이상이 건축가로서 건설 현장에서 펼칠 수 없었던 창조적이고 예술적인 상상력이 그림으로 터져 나온 것일지도 모릅니다. 전람회 입선뿐만 아니라 이상은 1930년 12월에 조선건축회의 학회지 〈조선과 건축〉의 표지 도안 현상 모집에 응모하여 각각 1등과 3등으로 당선되기도 했습니다. 이때 1등으로 당선된 이상의 도안은 1931년 1월부터 12월까지 〈조선과 건축〉의 표지 도안으로 실제 사용되기도 했고요.

사실 미술 디자인과 책 편집에 대한 이상의 예술적 감각은 그가 경성고공을 다니고 있을 때부터 두각을 나타내기 시작했습니다. 경성고공 시절 학생 문예지 〈난파선〉의 편집과 출간을 도맡아하기도

기수(技手) 이전의 기술직 8급 공무원의 직급인 '기원'의 다른 말로 지금의 서기에 해당한다

했고, '경성고등공업학교 1929년도 졸업 기념 사진첩'을 만들기도 했지요. 이 사진첩은 1929년도 경성고공 전체 졸업생 가운데 한국인 학생 열여섯 명이 힘을 모아 자비로 만든 것이라고 하는데, 이때도 표지 도안과 사진 배열, 주소록 작성 등 사진첩의 디자인 작업은 대부분 이상이 했다고 합니다.

이상에 관한 자료들은 안타깝게도 전집에 수록된 작품과 사진 자료 몇 장을 제외하고는 거의 남아 있지 않습니다. 사실 이상의 작품은 당시의 사람들이 소화하기에는 너무 전위적이고 난해했어요. 이상이 직접 자신의 작품 중에서 고르고 골라 발표한 「오감도」의 시들도 독자들의 거센 항의에 부딪쳐 연재가 중단될 정도였으니까요. 이렇게 이상은 당대 독자들에게 이해받지 못한 외로운 작가였습니다. 그래서 그의 작품 중에는 신문이나 잡지, 혹은 책으로 발표된 것들보다 발표되지 못한 것들이 더 많습니다. '시제15호'까지 15편을 발표하고 연재가 중단된 「오감도」 '작자의 말'에서 이상은 2천 편 중에서 자신이 직접 30편을 골라 발표할 예정이었다고 말하고 있을 정도니 사라진 작품 수가 훨씬 더 많았음을 알 수 있습니다.

다행히 졸업 사진첩만은 '이상문학상'을 주관하고 있는 문학사상사 출판사의 자료실에 보관되어 있습니다. 이 사진첩의 뒷부분에는 졸업생들이 졸업을 기념하는 뜻에서 한마디씩 적고서 자신의 사인을 남긴 부분이 있는데, 그곳에서 이상은 젊은이다운 패기와 자신감이 서린 목소리로 다음과 같이 말하고 있습니다.

보고도 모르는 것을 폭로(暴露)시켜라! 그것은 발명(發明)보다
도 발견(發見)! 거기에도 노력(努力)은 필요(必要)하다   이상(李箱)

그림 그리기를 좋아하고, 슬픈 눈으로 먼 산을 바라보기를 즐겼
던 어린 소년은 학창 시절을 거쳐 전문적인 지식을 습득한 근사한
건축 기사가 됐지만, 어린 소년의 슬픈 눈을 감싸고 있던 예술적 감
수성은 그대로 남아 이상을 자극했습니다. 그리고 1930년 스물한
살의 청년이 된 이상은 마침내 『12월 12일』이라는 작품을 시작으로
작가로서의 삶을 시작합니다. 자신의 불행했던 유년 시절을 감추듯
이 은밀하게 드러내면서 말이지요.

그런데 불행한 가정사를 떨쳐 내고 새로운 세상을 향해 날개를
막 펼치려던 찰나에 이상은 느닷없이 각혈을 하기 시작합니다. 폐
결핵에 걸린 것입니다. 결핵은 지금도 여전히 큰 병이긴 하지만 치
료가 불가능한 병은 아닙니다. 하지만 이상이 살았던 1930년대에
는 사형선고나 다름이 없는 무서운 질병이었습니다. 그러니까 이상
은 인생의 가장 꽃다운 시기에 시한부 판정을 받은 셈이지요. 제대
로 날개를 펼쳐 보기도 전에 가혹한 운명 앞에 선 이상의 마음은 어
땠을까요? 자신의 의지와는 상관없이 닥쳐드는 죽음의 공포와 그
로 인한 불안을 견딜 수 없었던 이상은 수없이 자살 충동을 겪기도
하고, 마치 자신에게 다가올 죽음의 시간을 앞당기려는 듯이 자신
의 인생을 낭비하고 소모했고, 또 그렇게 살아가는 자신을 조롱하
고 비웃으며 자기 자신을 학대하기도 했지요. 그리고 폐결핵 발병

으로부터 칠 년 뒤인 1937년 4월 17일 새벽, 일본 동경에서 외롭게 죽음을 맞습니다. 이상은 그의 말처럼 '박제'가 되듯 바싹 말라 버린 채 이 세상을 떠납니다.

벽에 기댄 채 슬픈 눈으로 먼 산을 응시하던 어린 소년 김해경이 우리가 알고 있는 이상하고 괴팍한 천재 예술가 이상이 되기까지, 그리고 근대라는 세계를 누구보다 갈망했지만 식민지 조선의 지식인으로서 근대적 세계가 지닌 모순을 서늘하게 응시하기도 했던 이상이 저 멀리 바다 건너 일본 땅에서 쓸쓸한 죽음을 맞이하게 되기까지, 그의 삶은 자신의 문학 속에 그대로 응축되어 있을 것입니다. 그렇다면 이제 우리가 할 일은 이상이 남겨 놓은 고통스러운 마음의 지도를 조심조심 따라가 보는 것이겠지요. 자, 그러면 우리 같이 이상이라는 비밀스러운 미로 속으로 들어가 봅시다.

영원한 앙팡 테리블, 이상

| 이상이라는 문학적 지도 |

"이상은 사람이 아니라 사건이었다." 시인 고은은 「만인보」라는 시에서 이렇게 말했지요. 우리 문학사에서 이상과 이상의 문학이 차지한 위치는 그만큼 특별한 것이었습니다. 왜 그런지 이유를 좀 더 알아볼까요?

1930년대 경성을 뒤흔든 '무서운 아해'

혹시 '앙팡 테리블'이라는 말을 들어 본 적이 있나요? '무서운 아이'라는 뜻을 지닌 이 말은 프랑스 예술가인 장 콕토의 소설 제목에서 비롯된 것으로, 기성세대들이 세워 놓은 도덕적 개념이나 사회적 명성에 정면으로 도전하는 겁 없는 젊은이들을 일컫는 말입니다.

이상은 1930년대 경성을 뒤흔든 앙팡 테리블, 즉 '무서운 아해'였습니다. 기생 금홍과의 파격적이고 기묘한 연애담, 전위적이고 새로운 이미지로 가득한 이상의 문학은 당대 대중들에게 낯설고 난해하며, 비도덕적으로 다가갔지요. '오감도 스캔들'이 일

「오감도」의 육필 원고.

어난 것도 그 때문이었습니다.

당시 이상은 요즘 말로 치면, 엄청난 '악플'에 시달려야 했어요. 하지만 '악플'보다 무서운 것은 '무플'이라는 말도 있는 것처럼 그런 반응을 꼭 나쁘다고 할 수만은 없겠지요. 그만큼 이상의 문학이 특별하다는 뜻이기도 하니까요. 그러고 보면 이상의 글에는 그 시대 사람들을 불편하게 만드는 어떤 힘이 있었던 것 같습니다. 마음을 불편하게 만들고, 그래서 자꾸만 생각하지 않을 수 없게 하는 그런 힘 말이에요. 좋은 책은 마음을 불편하게 만드는 책이라는 말이 있습니다. 당대 독자들이 이상에게 느꼈던 불편함도 혹시 그런 게 아니었을까요?

작가들이 먼저 인정하는 작가

시대를 너무 앞서나간 나머지 당대 독자들에게는 환영받지 못했지만 이상은 작가들이 더 좋아하고 먼저 인정하는 작가입니다. 박태원이나 정인택, 그리고 김기림처럼 이상과 아주 가깝게 지냈던 친구들은 물론이고, 현대를 살아가는 요즘 작가들도 이상과 이상의 작품을 여전히 문학적 소재로 삼을 정도니까요.

「천변풍경」, 「소설가 구보 씨의 일일」 등으로 우리에게 잘 알려진 소설가 박태원은 이상을 소재로 많은 작품을 쓴 것으로 알려져 있습니다. 이 중 「애욕」이라는 작품에는 다방 '제비'의 풍경과 함께 이상의 가슴 아픈 연애사가 고스란히 담겨 있지요. 또한 「적멸」이라는 소설에서

이상

1930년 〈동아일보〉에 연재된
박태원의 소설 「적멸」

는 이상을 연상시키는 신비한 사나이를 소설 속 인물로 등장시키기도 했고, "'유-모어 꽁트'라지만 그러나 이것은 슬픈 이야기다."라는 문장으로 시작하는 「제비」는 실제인물 이상을 그대로 그려 내고 있다는 점에서 흥미로운 작품입니다. 뿐만 아니라 권순분이라는 여인을 두고 한때 이상과 삼각관계 연애를 하다가 자살 소동까지 벌였던 정인택은 이상을 모델로 「업고」와 「우울증」 같은 소설을 발표하기도 했지요.

한편, 이상과 가장 가까웠던 김기림은 이상이 죽고 난 뒤 「주피타 추방」이라는 시를 통해 이상을 고대 로마신화의 최고 신 '주피터'에 비유하기도 했습니다. 동경에서 죽기 얼마 전, 병석에 누워 있는 이상과 만난 김기림은 박제처럼 비쩍 말라 버린 이상의 모습을 안타까워하며 그의 얼굴에서 신화적 제왕인 주피터의 모습을 보기를 간절히 바랍니다. 안

1939년 〈조선일보〉에 실린 「제비」의 삽화
박태원이 직접 그림을 그렸다.

◇◇◇◇◇◇◇ 영원한 앙팡 테리블, 이상

타깝게도 이상은 동경에서 죽고 말았지만, 김기림은 훗날 그에 대한 애정을 듬뿍 담아 주피터로 새롭게 환생시켰습니다. 이 「주피타 추방」이라는 시는 김기림의 문학에서도 빼어난 작품으로 평가받고 있어요. 아마도 이상을 향한 김기림의 진심이 가득 묻어나기 때문이 아닐까요?

이상에 대한 관심이 그 시대의 작가들에게만 머문 것은 아닙니다. 아름다운 문장과 독특한 소재로 문학적 성취를 인정받고 있는 소설가 김연수는 2001년 장편소설 『꾿빠이 이상』으로 이상을 우리 곁으로 소환하기도 했습니다. 이 소설은 우리가 알고 있는 15편의 「오감도」 연작 외에 「오감도 시제16호」가 어딘가에 있다는 것을 전제로 그 작품을 추적하는 내용을 담고 있습니다. 단순히 이상과 그의 작품을 소설의 소재로 삼은 것을 넘어, 이상의 작품에 대한 작가의 해석과 분석이 녹아 있어 이상 문학을 공부하는 데도 도움이 되는 소설입니다.

그림으로 만나는 이상

그런가 하면 이상 문학이 만들어 내는 초현실적이고 기묘한 매력이 가득한 이미지들은 화가들의 창조적 영감을 건드리는 자극제가 되고 있습니다. 환상적이고 몽환적인 이미지를 아름답게 그려 온 염성순 화가는 이상의 시적 이미지를 회화로 재탄생시키기도 했어요.

「꽃나무」의 한 구절을 빌어 〈꽃나무는 제가 생각하는 꽃나무에게 갈 수 없소(꽃나무에게)〉라고 제목을 붙인 그림이나 「위독」 연작시

염성순, 〈꽃나무는 제가 생각하는 꽃나무에게 갈 수 없소(꽃나무에게)〉, 2007

중 하나인 「가정」의 한 구절을 이용한 〈문을 열려고 안 열리는 문을 열려고(가정)〉와 같은 그림은 마치 절망적이고 슬픔에 가득찬 시인 이상을 위로하려는 듯 동화적인 이미지로 화폭을 채우고 있습니다. 또한 「오감도」 연작시와 연관된 그림에서는 이상의 시처럼 한편으로는 초현실적인 이미지로, 또 다른 한편으로는 추상적인 회화적 이미지로 이상 시를 표현하고 있지요.

　　이상의 작품과 그의 작품이 그려 내는 시적 이미지들은 염성순 화가뿐 아니라 현대 미술을 하는 작가들이 주목하고 즐겨 그리는 소재기도 합니다. 젊은 작가들이 모여서 이상의 「오감도」를 나름의 방식으로 재해석하기도 하고, 전자 활자 이미지로 이상의 얼굴을 그리는 작업을 시도해 보는 등 미술 영역과 이상 문학과의 소통은 지금도 계속 활발하게 이루어지고 있습니다. ◉

2

거울 속의 나는
왼손잡이요

{ 자기를 탐구하는 시인, '모던 보이' 이상 }

모던한 시대, 모던한 시인

21세기 현재 요즘 예술가들은 이미 백 년도 더 전에 태어난 사람임에도 이상의 작품에서 여전히 예술적이고 창조적인 영감을 얻곤 합니다. 문학작품이나 미술 전시회, 영화나 연극 공연 같은 쪽에 조금 더 관심을 갖고 유심히 살펴본 친구들은 이상이라는 작가나 그의 작품을 테마로 조그마한 미술 전시회와 공연, 혹은 문학작품들이 계속해서 만들어지고 있다는 것을 눈치채고 있을지도 모르겠어요. 이렇게 이상과 그의 작품이 새로운 방법과 형식으로 끊임없이 재창조되고 있다는 것은 그의 작품과 이 작품을 만들어 낸 이상의 예술적 상상력이 지금 우리의 현실 속에서 21세기라는 현대의 시대감각을 소화해 내고 있다는 뜻이기도 합니다.

이것이 얼마나 대단한 일인지 여러분은 아시겠어요? 비유를 한번 들어 봅시다. 여러분이 어느 날 옷장 깊숙이 보관되어 있던 빛바래고 케케묵은 옷을 꺼내어 입고 학교에 갔다고 가정해 봅시다. 그리고 그 옷은 여러분의 증조할머니와 증조할아버지가 입던 옷인데, 기념으로 여러분의 부모님이 보관하고 있던 옷이라고 합시다. 그런데 학교에 갔더니 여러분이 입고 있는 그 옷이 너무 멋지다며 친구들이 눈을 떼지 못하는 겁니다. 심지어 그 옷을 입은 여러분을 부러워하면서 자기도 그런 옷을 갖고 싶다고 말하기까지 합니다. 어디에서도 팔지 않는 독특한 디자인의 옷인데, 디자인이 촌스럽기는커녕 너무나 세련됐다는 겁니다. 그냥 할머니, 할아버지도 아니고 한세대를 더 거슬러 올라간, 그야말로 박물관에서나 볼 법한 고릿적 옷인데도 말이죠. 이런 옷이 과연 있을까요? 여러분은 이런 옷을 상상해 볼 수 있겠어요?

제아무리 첨단을 달리던 유행도 얼마간의 시간이 지나면 금세 구식이 되고 맙니다. 그런데 이상의 작품은 그렇지가 않습니다. 이상의 작품은 묘하게도 그 옆에 2010년대에 발표된 그 어떤 작품을 놓고 견주어도 구식의 느낌을 전혀 풍기지 않아요. 물론 여러분 중 누군가는 이렇게 반박할 수도 있을 거예요. "이상이 대단한 사람이라는 것은 알겠는데, 이상의 작품만 백 년 뒤에도 읽히는 것은 아니잖아요. 언젠가 국어 시간에 이상의 작품보다 더 오래된 황진이의 시조도 읽었는데, 그것대로 굉장히 좋았어요. 참! 황진이만큼 오래전 사람은 아니지만 국민 시인 김소월도 있네요. 잘은 모르겠는데 김소월이 이상보다 조금 더 나이가 많지 않나요? 그리고 굳이 따지면 이상보다 김소월이 훨씬 더 유명하기도 하고요. 사람들이 이상은 몰라도 김소월은 알고, 이상 작품이 뭐가 있는지는 몰라도 소월의 「진달래꽃」은 외워요."라고 말이지요.

맞습니다. 황진이나 김소월처럼 이상보다 더 옛날 사람들 중에도

21세기 현재를 살아가는 우리들에게 여전히 사랑받고 있는 작가들이 많지요. 뿐만 아니라 우리 한국 문학에서 김소월 역시 이상과 마찬가지로 '천재적인 시인'으로 평가받는 또 한 명의 위대한 시인이기도 합니다. 하지만 김소월이 현대를 살아가는 우리에게 인기가 있다는 사실과 이상의 인기 사이에는 커다란 차이가 있습니다. 조금 더 쉽게 풀어서 이야기를 해 볼까요?

드라마나 영화에서 신라, 고려, 조선 시대나 개화기를 배경으로 하는 작품에는 반드시 그 시대를 재현해 놓은 세트가 필요합니다. 그래서 따로 제작비를 들여 그 시대에 맞는 세트장을 빌리거나 지어서 촬영을 하지요. 그런데 시대극 중에서도 이런 세트장이 필요 없는 장면이 있습니다. 바로 산속이나 계곡, 바닷가와 같은 자연 풍경을 배경으로 하는 장면입니다.

서울의 광화문과 종로 거리의 모습은 조선 시대와 일제강점기, 그리고 해방 후 지금까지 끊임없이 변해 왔고, 지금도 변하고 있으며, 그래서 미래에는 또 다른 모습으로 변해서 그 자리에 있겠지요. 그렇지만 산과 계곡, 그리고 방조제와 같은 인공물이 없는 자연 그대로의 바닷가는 오백 년 전에도, 또 오백 년 후에도 변함없는 모습으로 그 자리를 지키고 있을 것입니다. 물론 긴 세월 동안 침식과 퇴적을 반복하며 자연의 모습도 조금씩 변모해 가지만, 그 변화의 속도가 너무나 느려 인간의 눈에는 똑같은 모습으로 보일 테니까요. 무슨 말인지 아직도 다가오지 않는다면 드라마나 영화 속의 주인공처럼 여러분이 산속에서 갑자기 타임 슬립(time slip) 경험을 했다고

자기를 탐구하는 시인, '모던 보이' 이상

한번 상상해 보세요. 여러분이 과거의 시간으로 점프했다는 것을 알아차리는 것은 산속에서 빠져나와 마을로 들어왔을 때일 겁니다. 집과 사람들, 그리고 거리의 풍경을 봐야만 비로소 내가 타임 슬립을 했구나 하고 알 수 있을 테니까요.

소월은 바로 이렇게 시간의 변화와는 아무런 상관이 없는 자연을 노래한 시인입니다. 산을 노래하고, 들을 노래하고, 새를 노래하고, 꽃을 노래한 시인이죠. 물론 연인의 사랑이나 부모의 사랑을 노래하기도 했습니다. 하지만 이 사랑조차도 자연만큼이나 영원한 불멸의 사랑을 대상으로 합니다. 유효 기한 따위는 없는 그런 위대하고 영속적인 사랑 말입니다. 1902년에 태어난 김소월이 지금까지도 우리나라 사람들에게 가장 인기 있는 시인일 수 있는 것은 소월의 시선이 언제나 변하지 않는 대상을 향하고 있기 때문이에요.

그러나 이상은 다릅니다. 이상은 1930년대의 경성 거리를 시의 대상으로 가져오는 시인입니다. 그는 30년대 경성 거리의 근대적 풍경을, 그 거리에서 이루어지고 있는 근대적 소비를, 그리고 그 거리에서 유행하는 근대적 패션을 시의 소재로 가져오는 시인이죠. 그런 이상에게 자연이란 따분하고 지겨운 대상일 뿐입니다. 그런 자신의 심경을 이상은 수필 「권태」에서 다음과 같이 말하고 있습니다.

어서 ― 차라리 ― 어둬 버리기나 했으면 좋겠는데 ― 벽촌의 여름 날은 지루해서 죽겠을 만치 길다.
동에 팔봉산, 곡선은 왜 저리도 굴곡이 없이 단조로운고?

48   이 상

서를 보아도 벌판, 남을 보아도 벌판, 북을 보아도 벌판, 아 ―
이 벌판은 어쩌라고 이렇게 한이 없이 늘어 놓았을꼬? 어쩌자고
저렇게까지 똑같이 초록색 하나로 되어 먹었노? (…중략…)

　지구 표면적의 백 분의 구십구가 이 공포의 초록색이리라. 그
렇다면 지구야말로 너무나 단조무미한 채색이다. 도회에는 초록
이 드물다. 나는 처음 여기 표착(漂着)"하였을 때 이 신선한 초록
빛에 놀랐고 사랑하였다. 그러나 닷새가 못 되어서 이 일망무제
(一望無際)"의 초록색은 조물주의 몰취미와 신경의 조잡성으로 말
미암은 무미건조한 지구의 여백인 것을 발견하고 다시금 놀라지
않을 수 없었다.

　어쩔 작정으로 저렇게 퍼러냐. 하루 온종일 저 푸른빛은 아무
짓도 하지 않는다. 오직 그 푸른 것에 백치와 같이 만족하면서 푸
른 채로 있다.

　이윽고 밤이 오면 또 거대한 구렁이처럼 빛을 잃어버리고 소리
도 없이 잔다. 이 무슨 거대한 겸손이냐.

「권태」 중에서

　봄이 되면 산과 들에 슬프도록 아름답게 가득 피어나는 진달래꽃
과 강변의 반짝이는 은모래 빛에 감동했던 소월과 달리, 이상은 초

표착(漂着)　표류하다 어떤 곳에 닿음
일망무제(一望無際)　한눈에 바라볼 수 없을 정도로 아득히 멀고 넓어서 끝이 없음

　　　　　　자기를 탐구하는 시인, '모던 보이' 이상

록 일색인 자연이 무미건조하고 권태롭기만 합니다. 저도 이와 비슷한 경험을 한 적이 있습니다. 여러 가지 해야 할 일들이 몇 개월째 저를 짓누르고 있을 때, 순간 충동적으로 차를 몰고 동해 바다로 향했습니다. 그리고 도착한 바다는 환상적이었지요. 끝이 보이지 않는 저 너머의 수평선을 잠시 쳐다보았습니다. 가슴이 툭 트이는 기분이었습니다. 그런데 한 일 분쯤 지났을까요? 어느새 저는 '이제 뭐할까?'를 생각하고 있었습니다. 지긋지긋하게 쌓여 있는 일을 피해 바닷가로 도망친 주제에 또 뭔가 할 일을 생각하고 있었던 겁니다. 하지만 아무것도 할 만한 일이 없었습니다. 그래서 바닷가를 걸었습니다. 한 오 분 정도가 지났을까요? 슬슬 지겨워지기 시작했습니다. 환상적이던 바다도 이제는 그저 그랬습니다. 그리고 바다에 도착한 지 삼십 분 만에 저는 다시 차를 끌고 서울로 가는 고속도로 위에 있었습니다.

도시에서 바쁜 일상을 보내는 현대인이라면 누구나 지금 나를 짓누르고 있는 일들에서 도망쳐서 누구의 눈치도 보지 않고, 어떤 일도 하지 않은 채 자연을 바라보며 쉬고 싶다는 욕망을 갖습니다. 그래서 우리는 일상의 생활 속에서 쌓인 피로를 풀기 위해 산과 들로 여행을 떠납니다. 하지만 자연에 도착하는 순간, 심심해지기 시작합니다. 「권태」는 바로 이런 도시인의 감수성을 그대로 표현하고 있는 이상의 대표적인 수필입니다.

1933년경 병이 깊어진 이상은 경성고공 때 만난 친구가 근무하고 있는 평안남도 성천으로 요양 겸 여행을 떠납니다. 피곤한 일이 가득 쌓여 있는 도시 생활이 병약한 이상의 몸을 더욱 악화시킨 것입니다. 하지만 시골 성천에서 이상은 그야말로 시간을 죽이기 위해 발버둥을 칩니다. 그는 낮잠을 늘어지게 자거나, 개나 소 같은 동물들을 물끄러미 쳐다보거나, 동네 사람과 장기를 두거나, 마을 아이들이 노는 모습을 보면서 어떻게든 권태로운 시간에서 벗어나 보려 안간힘을 씁니다. 심지어 이상은 '똥 누기 게임'이라는 요상한 짓을 벌이기도 합니다. 하지만 시간은 도무지 흐르지 않고, 이 권태로운 감정으로부터 이상은 두 손 두 발을 다 들어 버립니다.

왜냐하면 이상은 화한 냄새를 맡으면 숲 속에 있는 실제 박하 잎의 향을 떠올리는 것이 아니라 '츄잉껌' 냄새처럼 인공적으로 만들어 낸 향을 떠올리는 사람이고, 마을에서 마주친 '젊은 새악시'들의 하얀 피부색을 보면서 마루노우치 백화점 여점원의 '새하얀 양말'을 떠올리는 사람이기 때문입니다. 그래서 시골 성천에 있으면서도 이상의 생각과 마음이 향하는 곳은 온통 도시와 관련된 것들뿐입니다. 성천에서 보낸 경험에 대한 또 다른 수필 「산촌여정」에서 이상은 자신이 즐겨 마시던 MJB 커피 향을 그리워하며, 도시에 남겨 놓고 온 일을 걱정합니다.

향기로운 MJB의 미각을 잊어버린 지도 삼십여 일이나 됩니다. (…중략…) 나도 도회(都會)에 남기고 온 일이 걱정이 됩니다. (…중략…) 동물원에서밖에 볼 수 없는 짐승, 산에 있는 짐승들을 사로잡다가 동물원에 갖다 가둔 것이 아니라, 동물원에 있는 짐승들을 이런 산에다 내어 놓아 준 것만 같은 착각을 자꾸만 느껍니다. (…중략…) 도회에 화려한 고향이 있습니다. 활엽수만으로 된 산이 고향의 시각(視覺)을 가려 버린 이 산촌에 팔봉산 허리를 넘는 철골(鐵骨) 전신주가 소식(消息)의 제목만을 부호로 전하는 것 같습니다.

「산촌여정」 중에서

그런데 「산촌여정」에서 이상은 기이한 착각을 합니다. 산속에서 우연히 만나는 동물들을 보고 동물원에 있어야 할 짐승들을 산에다 풀어 놓아 준 것 같은 착각 말이지요. 이것이 착각이라는 것을 이상도 머리로는 알고 있지만, 자신이 순간순간 착각하는 이 경험을 제어하지는 못합니다.

이상의 이런 착각은 놀이공원이나 유원지에서 인공 폭포나 인공 계곡, 인공 연못밖에 보지 못한 도시에 살고 있는 어린아이들이 자연에 있는 실제 폭포나 연못을 봤을 때 겪는 경험과 다르지 않습니다. 인공 폭포나 인공 연못밖에 보지 못한 아이들은 실제 자연 풍경과 마주했을 때 자신이 봤던 그 인공 자연을 떠올리면서 "엄마! 저것 봐! 놀이공원에서 본 것이랑 비슷하게 생겼어!"라고 말할 겁니다. 그 인공 폭포는 사실 이 아이가 지금 보고 있는 자연 폭포를 흉내 낸 것에 불과한데 말이죠. 가짜가 진짜를 이겨 버린 겁니다. 이 아이처럼 「산촌여정」에서 이상은 습관적으로 성천의 자연을 도시의 감각으로 번역해서 말합니다. 이를테면 다음처럼 말이에요.

이 상

호박넝쿨 그 소박하면서도 대담한 호박꽃에 '스파르타'식 꿀벌이 한 마리 앉아 있습니다. 농황색에 반영되어 '세실 B. 데밀'의 영화처럼 화려하며 황금색으로 치사(侈奢)[*] 합니다. 귀를 기울이면 '르네상스' 응접실에서 들리는 선풍기 소리가 납니다.

야채 '사라다'에 놓이는 '아스파라가스' 잎사귀 같은 또 무슨 화초가 있습니다. 객줏집 아이에게 물어봅니다. '기상꽃' — 기생화(妓生花)란 말입니다. (…중략…)

청둥호박이 열렸습니다. (…중략…) 럭비공을 안고 뛰는 이 '제너레이션'의 젊은 용사의 굵직한 팔뚝을 기다리는 것도 같습니다.

「산촌여정」 중에서

꿀벌이 잉잉거리는 소리를 들으며 선풍기 소리를 떠올리고, 청둥호박을 럭비 선수의 굵직한 팔뚝에 비유하며, 식탁 위에 올라온 서양 채소 아스파라거스는 알아도 아스파라거스를 닮은 조선 들꽃의 이름은 모르는 것이 바로 도시에서 태어나서 도시에서 자란 '모던 보이' 이상의 감수성이었던 것입니다. 이런 이상에게 진짜 휴식의 공간이란 자연 내음 가득한 성천이 아니라 MJB 커피 향이 은은하게 퍼지고, 축음기에서 엘만의 랄로 협주곡 같은 클래식 음악이 흘러나오는 다방 제비 같은 곳이었습니다. 그리고 이상은 이런 곳의 분위기를 즐길 수 있는 자신과 같은 사람을 두고 "전기 기관차의 미끈

치사(侈奢) 사치스럽다

자기를 탐구하는 시인, '모던 보이' 이상

한 선, 강철과 유리, 건물 구성, 예각, 이런 데서 미를 발견할 줄 아는 세기의 인(人)"이라고 말합니다.

> 걸핏하면 끽다점(喫茶店)"에 가 앉아서 무슨 맛인지 알 수 없는 차를 마시고 또 우리 전통에서는 무던히 먼 음악을 듣고 그리고 언제까지라도 우두커니 머물러 있는 취미를 업수이 여기리라. 그러나 전기 기관차의 미끈한 선, 강철과 유리 선물 구성, 예긱, 이런 데서 미를 발견할 줄 아는 세기(世紀)의 인(人)에게 있어서는 다방의 일게(一憩)"가 신선한 도락이요 우아한 예의 아닐 수 없다.
>
> 「추등잡필-예의」 중에서

이런 '세기의 인'과 산과 들에 흐드러지게 핀 진달래꽃을 보며 눈물을 흘리고, 강변에서 반짝이는 은모래 빛을 받으며 엄마와 누나에게 이곳에서 살자고 노래하던 소월과는 분명히 차이가 있겠지요.

'모던 보이'의 자기 탐구

사실 대다수 사람들이 알고 있는 이상의 모습은 불행한 운명을 등에 짊어진 불쌍하고 우울한 모습일 때가 많습니다. 하지만 이상

끽다점(喫茶店) 차를 마시는 가게
일게(一憩) 짧은 휴식

은 굉장히 유머러스한 사람이기도 했어요. 소설 「동해」에서 이상은 자기 자신을 "원고 한 줄에 반드시 한 자씩 오자(誤字)를 삽입하는 쾌활한 태만성을 가진 사람"이라고 말합니다. 또한 「추등잡필-구경」에서는 "하늘을 우러러 한 점 부끄럼이 없고, 아래로 사람들에게 부끄럽지 않다(仰不愧於天 俯**不作**於人)"라는 맹자의 유명한 문장에서 두 글자를 살짝 바꾸어 "하늘을 우러러 한 점 부끄럼이 없고, 고개를 숙여 사람을 보니 유쾌하다(仰不愧於天 俯**天快**於人)"라는 식으로 장난을 치기도 하고요. 윤동주의 「서시」에 나오는 "죽는 날까지 하늘을 우러러 한 점 부끄럼이 없기를 잎새에 이는 바람에도 나는 괴로워했다"의 장엄함에 비하면, 이상의 저 문장은 얼마나 장난스러운가요.

그런데 '웃음'이라는 것은 의외로 파괴력이 아주 강해서 권위와 위엄을 한순간에 무너뜨려 버리기도 합니다. 여러분은 혹시 그래 본 적이 없나요? 여러분이 어떤 잘못을 해서 부모님이나 선생님으로부터 꾸중을 듣고 있을 때, 여러분 또한 어떤 장난이나 유머러스한 태도로 그런 분위기를 한순간에 뒤집어 놓을 수가 있지요. 부모님의 화난 얼굴을 가장 빠른 시간에, 그리고 가장 쉽게 바꿀 수 있는 방법 역시 부모님들을 '피식'하고 웃어 버리게 만드는 여러분의 개구진 장난입니다. 물론 부모님에 대한 여러분의 웃음 공격이 제대로 먹히지 않을 경우에는 한층 더 엄한 분위기가 될 것이라는 것을 각오해야 하겠지만요.

이상도 어쩌면 자신을 압박하고 힘들게 하는 불행하고 고통스러운 자신의 운명에 장난을 걸면서 그런 운명으로부터 벗어나고 싶었는지도 모르겠습니다. 혼나는 상황에서 웃음으로 도망치고 싶은 여러분의 심정처럼 말이에요. 다만 이상은 자기의 인생과 경험을 앞에 놓고 장난을 치고 있는 것 뿐입니다. 사건의 순서를 살짝 바꾼다거나, 분명히 말해야 할 것을 살짝 빼고 말함으로써 일부러 상황을 모호하게 만들어 버린다거나, 현실 속의 인물들을 여러 명 겹쳐서 완전히 새로운 인물을 하나 만들어 낸다거나 하면서 말이에요. 이런 것을 조금 전문적으로 말해 자기를 '패러디(parody)'하는 것이라고 해요. 맹자의 문장을 슬그머니 바꾸어 놓고 있는 앞의 문장도 맹자를 '패러디'한 것이지요. 이렇게 자기를 패러디하고 복제하고 변형하는 기법이 자유자재로 발휘되고 있는 이상의 소설들은 소설을 읽는 독자들로 하여금 어떤 부분이 사실(fact)이고, 또 어떤 부분이 바뀐 부분인지 알 수 없게 합니다. 여기서부터 독자인 우리는 조금씩 혼란에 빠지게 됩니다. 마치 거울 속의 내가 나인지 아닌지 알 수 없는 것처럼 말이에요.

이상의 작품을 조금 읽어 본 친구들이라면 제가 거울 이야기를 꺼내는 순간, 「거울」이라는 시를 떠올렸을지도 모르겠습니다. 이 시에서 이상은 어느 것이 진짜인지 모르겠다고 말합니다. 하지만 진짜가 뭔지 찾기 위해 끝까지 포기하지 않을 것이라 말합니다. 이상의 목소리를 그대로 옮겨 보자면 그는 이렇게 말하고 있습니다. "나는 지금 거울을 안 가졌소만 거울 속에는 늘 거울 속의 내가 있소. 잘은 모르지만 외로된 사업에 골몰할게요" 이렇게 말이지요.

거울

거울속에는소리가없소
저렇게까지조용한세상은참없을것이오

거울속에도 내게 귀가있소
내말을못알아듣는딱한귀가두개나있소

거울속의나는왼손잡이오
내악수를받을줄모르는 — 악수를모르는왼손잡이오

거울때문에나는거울속의나를만져보지를못하는구료마는
거울아니었던들내가어찌거울속의나를만나보기만이라도했
겠소

나는지금거울을안가졌소마는거울속에는늘거울속의내가있소
잘은모르지만외로된사업에골몰할게요

거울속의나는참나와는반대요만
또꽤닮았소
나는거울속의나를근심하고진찰할수없으니퍽섭섭하오

이 시에서 '나'는 '거울 속의 나'와 거울에 비친 나를 쳐다보고 있는 '거울 밖의 나'로 분열되어 있습니다. '내'가 분열되어 있다니 뭔가 대단히 심오하고 어려운 이야기 같지요? 그런데 가만히 생각해보면 내가 나 자신에 대해 생각할 때 우리는 언제나 두 개의 '나'로 나눠집니다. '나'라고 하는 존재와 그 존재에 대해 생각하고 있는 '나'로 말이지요. 그리고 이렇게 내가 나 자신에 대해 생각하는 것을 우리는 '반성'이라고 부릅니다. 그러니까 이 시에서 이상은 '거울'을 매개로 참된 나의 모습을 읽어 내려 안간힘을 쓰고 있는 중이라고 할 수 있습니다.

여러분은 「거울」에서 이상이 어떤 '나'를 긍정하고 있는 것 같나요? '거울 속의 나'인가요, 아니면 '거울 밖의 나'인가요? 일단 '거울'을 매개로 자신의 참된 모습을 보려 한다고 했으니, '거울 속의 나'가 아무래도 이상이 생각하는 자신의 참된 모습이라고 생각해 볼 수 있을 거예요. 그런데 '거울 속의 나'는 '거울 밖의 나'와 철저하게 단절되어 있습니다. '거울 속의 나'는 내 말을 듣지 못하는 딱한 귀를 가졌고, 나의 악수를 받지 못하는 왼손잡이입니다. 게다가 이상은 "거울 속의 나를 근심하고 진찰할 수 없"어 섭섭하다고 말하고 있습니다. 다시 말해, '거울 속의 나'는 진찰을 받아야 하는 환자인 것입니다. 이것은 지금 거울에 비친 '거울 속의 나'도 이상이 생각하는 자신의 참된 모습이 아니라는 것을 말해 줍니다.

그런데 말이에요, 우리 「거울」의 5연을 다시 한 번 유심히 살펴볼까요? 1연에서 4연까지 이상은 계속 거울을 바라보며 거울 속에 비친 '나'를 쳐다보고 있습니다. 심지어 4연에서는 내 말을 못 알아듣고, 내 악수를 못 받는 모습이라도 '거울' 덕분에 불완전하게나마 만날 수 있었다고 말하고 있지요. 그런데 5연에서 갑자기 이상은 자신이 지금 거울을 가지고 있지 않다고 말합니다. 그리고 거울은 없지만 거울 속에는 언제나 '거울 속의 내'가 있으니 이 "외로된 사업"을 멈추지 않을 것이라고 말하고 있어요. 거울을 쳐다보며 지금껏 거울 속 자신의 모습에 대해 이야기하던 사람이 갑자기 거울이 없다고 말하는 이 수수께끼 같은 사태를 우리는 어떻게 받아들여야 할까요?

여러 가지 추론이 가능하겠지만 이렇게 한번 생각해 봅시다. 이상은 지금 거울을 보고 있긴 하지만 자신의 참된 모습을 볼 수 있는 '깨끗한 거울'은 가지고 있지 않다고 말이에요. 더 나아가 거울로 손을 뻗으면 차가운 거울 표면에 막히는 것이 아니라 '거울 속의 나'와 악수도 할 수 있고 대화도 할 수 있는 '마법 거울'은 가지고 있지 않다고 말이에요. 동화 「백설공주」에 나오는 거울처럼 진실만을 말하는 그런 거울 말이지요.

여기서 다시 처음으로 돌아가 볼까요? 이상의 시 「거울」은 '거울'을 매개로 참된 나의 모습을 읽어 내려는 화자의 목소리가 담겨 있는 작품이라고 했습니다. 그리고 내가 나의 참된 모습을 보려는 행위를 앞서 우리는 '반성'하는 것이라고 말했어요. 그렇다면 반성 행위에서 '거울'의 역할을 하는 것은 무엇일까요? 다시 말해, 올바르고 참된 나의 모습을 내 눈앞에 나타나게 해 주는 것은 무엇일까요?

그것은 바로 무엇이 옳고, 무엇이 잘못된 것인지 판단할 수 있게 하는 나의 판단 기준이겠지요. 이 기준을 통과한 이상적인 나의 모습이야말로 이상이 거울을 통해 보고 싶어 하던 '거울 속의 나'의 모습인 셈입니다. 그런데 이 기준이 제대로 된 기준이 아니라면 기준에 근거해서 판단했다 하더라도 그 판단 결과는 옳은 결과가 나올 수가 없겠지요. 하지만 또 어떻게 본다면 이렇게 불완전하고 미숙한 판단 기준이라고 하더라도 아예 기준이 없는 것보다는 그나마 내가 반성할 수 있게 하는 힘이 될 수도 있을 거예요. 다음 시구처럼 말이지요.

거울때문에나는거울속의나를만져보지를못하는구료마는

거울아니었던들내가어찌거울속의나를만나보기만이라도했

겠소

그렇다면 우리는 「거울」의 이 시구를 이렇게 바꾸어 말해 볼 수도 있지 않을까요?

깨끗한 거울이 아니기 때문에 나의 본래의 모습과 나는 마주하지 못하지만, 일렁이고 왜곡된 상만을 보여 주는 불완전한 거울이라도 저 거울이 아니었던들 어떻게 내가 본래의 모습이라 가장하고 있는 저 모습이라도 만나서 끊임없이 진짜의 모습이 어떤 것인지 탐구하려는 마음이 들 수가 있었겠소.

이렇게 말이지요. 다시 말해, 이상은 지금 가짜인 거울상을 마주하면서 자신의 진짜 모습을 찾으려 애쓰는 중이라고 해석할 수 있습니다.

지킬과 하이드, 진짜 나는 누구?

그런데 이상은 왜 이렇게 힘겹고 외로운 "외로된 사업"을 해야만 할까요? 그것은 '거울 속의 나'와 같은 진실한 나의 모습은 부모님이나 선생님 같은 다른 누군가가 알려 줄 수 있는 것이 아니라 내 속에서 스스로 발견해 내야 하는 나의 모습이기 때문입니다. 질문하는 사람도 나이고, 그 질문에 대한 답을 알고 있는 사람도 오직 나밖에 없습니다. 끊임없는 자기 탐구 과정을 통해서만 대답할 수 있는 질문인 것이지요. 그리고 이렇게 나의 존재의 원인을 나 자신에게서 찾는 자를 우리는 근대적인 인간이라고 부릅니다. 데카르트의 그 유명한 '나는 생각한다 고로 나는 존재한다'는 명제는 이런 맥락 속에 있는 아주 심오한 문장인 것이지요.

하지만 우리가 '외로된' 작업을 하고 있다는 것은 나의 진짜 모습이 어떤 것인지 알 수 없는 상태가 지속되고 있는 것이라 할 수 있습니다. 무엇이 가장 참된 것인지 끊임없이 탐구하지만 우리는 쉽게 답을 내놓지 못합니다. 이는 우리가 무엇이 가장 참된 것인지를 모르는 상태의 삶을 살아간다는 것을 의미하는 것이기도 합니다. 이상은 이렇게 무엇이 진짜인지, 무엇이 가짜인지 알 수 없는 세계를 그의 예술적 상상력으로 막 뒤섞어 놓으면서 그 속에서 다시 진짜가 무엇인지 찾으려 애를 쓰고 있습니다. 그래서인지 이상 문학 속에는 뫼비우스의 띠처럼 안과 밖이 구분되지 않는 이미지가 자주 등장합니다. 예를 들면, 이상의 시 중에 「가외가전(街外街傳)」이라는 시가 있습니다.

> 훤조(喧噪)[*] 때문에마멸되는몸이다. 모두소년이라고들그리는데노야(老爺)[*] 인기색이많다. 혹형에씻기워서산반(算盤)[*] 알치럼자격너머로튀어오르기쉽다. 그러니까육교위에서또하나의편안한대륙을내려다보고근근히산다. 동갑네가시시거리며떼를지어답교(踏橋)한다. 그렇지않아도육교는또월광으로충분히천칭(天秤)처럼제무게에끄덱인다. 타인의그림자는위선넓다. 미미한그림자들이얼떨김에모조리앉아버린다.
>
> 「가외가전」 중에서

'가외가전'은 '길 밖의 길 이야기'라는 뜻입니다. 이 제목부터가 이상하지요. 길은 원래가 밖인데, 길 밖의 길이라고 하고 있으니 말이에요. 이 시는 경성 거리를 초현실적인 이미지로 그리고 있는 작품입니다. 뭔가 굉장히 산만하고 난해한 이미지로 가득한 시라서

훤조(喧噪) 지껄이고 떠들다
노야(老爺) 노옹. 늙은 남자
산반(算盤) 주판. 셈을 놓는 데 쓰는 기구의 하나

이해하기가 쉽지만은 않지만, 복잡한 이미지들을 단순화시켜 본다면 어떤 사람이 사람들이 시끄럽게 떠들며 왔다 갔다 하는 육교에서서 아래를 내려다보고 있는 그런 풍경이 그려져 있어요. 그리고 이 시에는 이런 구절도 있습니다. "모두 소년이라고들 그러는데 노야(老爺)인 기색이 많다." 이런 사람을 두고 흔히 애늙은이 같다고들 하지요. 아이가 아이 같아야 하는데 그렇지 않고 노인의 느낌을 풍긴다는 거예요.

앞에서 이상은 금세 구식이 되어 버리고 마는 30년대 경성 거리의 근대적 풍경을 그리는 시인이라고 말했습니다. 언제나 똑같은 모습으로 펼쳐져 있는 자연은 따분하고 권태로운 대상일 뿐이고, 이상은 도시에서 마주칠 수 있는 풍경과 그런 곳에서 이루어지는 삶을 더 익숙해하는 '모던 보이'라고도 말했지요. 그런데 이상이 고향처럼 느끼는 이 도시라는 공간은 소년과 같은 새 상품이 금세 구닥다리 늙은이처럼 헌 상품이 되어 버리는 그런 곳입니다. 사실 도시만큼 유행에 민감한 곳도 없습니다. 멀쩡한 바지인데도 스키니진이 유행하고 있을 때는 얼마 전까지 유행했던 통이 넉넉한 바지를 입고 나갈 수가 없어요. 이 통바지가 한 번도 입지 않은 새 옷이라고 하더라도 이 옷은 이미 옛날 옷, 구식 옷이 되어 버린 거예요. 위의 시구처럼 '소년이라고들 그러는데 노야인 기색이 많은' 그런 옷인 거죠.

그런데 정말 이 통바지가 입고 다니지 못할 '헌 옷'인가요? 유행을 의식하지만 않는다면 이 옷은 '헌 옷'이 아닙니다. 다시 말해서 이 옷을 '헌 옷'으로 만드는 것은 사람들의 취향과 기호를 이리저리 몰고 다니며 갈팡질팡하게 만드는, 유행이라는 눈에 보이지 않는 어떤 힘입니다. 그리고 이상이 다루고 있는 세계는 이렇게 눈에 보이지 않는 어떤 힘들이 지배하고 있는 세계입니다. 이상의 시 「오감도 시제1호」는 바로 이런 세계의 모습을 우리에게 보여 주는 그림이라고 할 수 있습니다.

오감도 시제1호

13인의아해가도로로질주하오.
(길은막다른골목이적당하오.)

제1의아해가무섭다고그리오.
제2의아해도무섭다고그리오.
제3의아해도무섭다고그리오.
제4의아해도무섭다고그리오.
제5의아해도무섭다고그리오.
제6의아해도무섭다고그리오.
제7의아해도무섭다고그리오.
제8의아해도무섭다고그리오.
제9의아해도무섭다고그리오.
제10의아해도무섭다고그리오.

제11의아해가무섭다고그리오.

제12의아해도무섭다고그리오.

제13의아해도무섭다고그리오.

13인의아해는무서운아해와무서워하는아해와그렇게뿐이모였

소. (다른사정은없는것이차라리나았소)

그중에1인의아해가무서운아해라도좋소.

그중에2인의아해가무서운아해라도좋소.

그중에2인의아해가무서워하는아해라도좋소.

그중에1인의아해가무서워하는아해라도좋소.

(길은뚫린골목이라도적당하오.)

13인의아해가도로로질주하지아니하여도좋소.

이 시는 열세 명의 아이들이 도로로 막 질주하고 있는 다이내믹
한 장면으로 시작됩니다. 그런데 이 아이들은 대체 왜 달리고 있을
까요? 어! 그런데 가만히 들어 보니까 열세 명의 아이들 중에 한 아
이가 무섭다고 말하는 것이 들립니다. 한 아이가 무섭다고 그러니
나머지 열두 명의 아이들도 사실은 자기도 무섭다고 줄줄이 말합니
다. 이 아이들이 느끼는 정체 모를 공포를 더욱 증폭시키려고 했을
까요?

"길은 막다른 골목이 적당하오." 이상은 2연에서 이렇게 말합니

다. 그러니까 이 열세 명의 아이들은 어떤 무서운 대상으로부터 도망치고 있는 중이고, 엎친 데 덮친 격으로 길까지 막혀 있습니다. 그런데 이상은 공포의 대상을 알려 주는 대신 이 상황을 살며시 다른 방향으로 틀어 버립니다. '이 열세 명의 아이는 무서운 아이와 무서워하는 아이로 모여 있다'고 말이지요.

그러고 보니 이상은 처음부터 이 아이들이 무엇을 무서워하는지에 대해서는 이야기하지 않았군요. 즉, "제1의아해가무섭다고그리오."라는 말을 우리는 ① '첫 번째 아이가 무섭다고 합니다.'라고 들을 수도 있지만, ② '누가 그러는데 제1의 아이가 무서운 아이라고 하네요.'라고도 들을 수 있는 말이었네요.

이러니 우리는 이 막다른 도로 위에서 질주하는 아이들 중에 누가 무서운 아이이고, 누가 무서워하는 아이인지 알 수가 없습니다. 처음에는 어떤 공포의 대상이 저쪽에서 쫓아오고 있고 아이들은 희생양인 줄로만 알았는데, 가만 보니 공포의 대상은 저쪽에 있는 것이 아니라 열세 명의 아이들이라는 집단 속에 아무도 모르게 숨어 있었던 겁니다.

그러니 이제 도로가 막혀 있든 뚫려 있든 중요하지 않게 되었습니다. 어차피 아이들은 도망갈 곳이 없거든요. 이 아이들은 무서움을 피해 우르르 몰려다니고 있는데 사실은 어떤 공포의 대상이 아이의 얼굴을 하고 이 속에서 은밀하게 섬뜩한 웃음을 지으며 같이 뛰어다니고 있었던 겁니다. 아이들은 이제 더 이상 질주하지 않습니다. 어디로 도망 다니든 자기를 위협하는 존재가 늘 자기를 지켜

보고 있을 테니까요. 그걸 깨달은 아이들은 가엾게도 그만 얼음처럼 얼어 버렸습니다.

　이것이 「오감도 시제1호」의 풍경입니다. 여기서 '오감도(烏瞰圖)'라는 말은 이상이 만들어 낸 신조어입니다. 원래는 조감도(鳥瞰圖)라고 해야 합니다. 조감도란 새가 아래를 내려다보듯이, 높은 곳에서 아래를 내려다보았을 때의 모양을 그린 그림이나 지도를 말하지요. 그런데 왜 이상은 조감도를 '오감도'라고 했을까요? 이는 이상이 새처럼 저 높은 곳에서 내려다보니 자기가 살고 있는 세계가 이런 모양이라는 것을 알리기 위해 일부러 붙인 제목이라고 할 수 있습니다.

　「오감도 시제1호」와 같은 모습은 아무나 볼 수 있는 것이 아닙니다. 건축가가 건물을 투시하듯이 그렇게 우리가 살고 있는 세계의 내부 깊숙하고 은밀한 곳까지 투시할 때만이 보이는 우리 세계의 숨겨진 이면이 바로 「오감도 시제1호」가 그리고 있는 풍경입니다. 이상이 이 연작시들을 조감도가 아니라 오감도라고 부른 까닭 역시 이 때문입니다. 오감도는 그냥 새가 아니라 까마귀가 내려다본 그림이거든요. 전통적으로 불길하다고 배척된 새의 시선으로 이상은 근대적인 도시를 은밀하게 투시하고 있었던 것입니다.

　그런데 여기서 우리가 좀 더 상상력을 발휘해 본다면 이상이 들려주는 「오감도 시제1호」의 공포스럽고 불길한 거리 풍경에서 더한 풍경을 생각해 볼 수도 있습니다. "몰랐는데 내가 바로 아이들을 위협하는 그 공포의 대상이었다면?" 이렇게 말입니다.

지금으로부터 백 년 전쯤, 독일에 프로이트라는 한 정신과 의사가 있었습니다. 그는 우리말로 '섬뜩함', 혹은 '친숙한 낯섦'과 같은 뜻으로 번역되는 'das Unheimliche'라는 단어를 사람들에게 소개하면서, 일상적인 감각으로는 쉽게 놓쳐 버릴 수 있는 인간의 독특하고 내밀한 경험을 선명하게 포착해서 사람들에게 들려주었지요. 예컨대, 사람들은 누구나 가끔 친숙하고 익숙한 사람이나 물건이 갑자기 낯설게 디가오는 경험을 한다는 겁니다.

여러분은 혹시 이와 유사한 경험을 해본 적이 없나요? 이를테면 아침에 일어났는데 주방에서 식사 준비를 하고 있는 엄마의 뒷모습이 갑자기 낯설게 느껴진다거나, 욕실에서 무심코 본 내 얼굴이 낯설게 느껴진다거나 하는 그런 경험들 말이에요. 이런 낯선 감정이 드는 때는 원래 나라고 생각했던 나와는 또 다른 나와 마주치는 때라고 할 수 있습니다. 마치 "거울 속의 나는 참 나와는 반대요만 또 꽤 닮았소"라고 말하고 있는 「거울」의 화자처럼 말이죠.

뮤지컬로도 유명한 로버트 루이스 스티븐슨의 소설 「지킬 박사와 하이드」는 이러한 인간의 독특한 경험을 이야기하고 있는 작품이에요. 다들 알고 있겠지만 이 소설은 한 인간의 서로 다른 인격이 충돌하다가 자살로 끝이 나는 이야기입니다. 따뜻하고 선한 지킬 박사는 자신의 마음 깊숙한 곳에 숨어 있던 악한 본성을 스스로 통제할 수 없게 되자 결국 자살을 선택하고 맙니다. 「혈서삼태」라는 수필에서 이상은 자신이 "가장 적은 '지킬 박사'와 훨씬 많은 '하이드 씨'를 소유하고 있다고 고백하고 싶다"라고 말하고 있습니다. 이

상은 왜 이런 말을 했을까요?

저에게는 그 말이 이렇게 들립니다. "내가 이상한 놈처럼 보여요? 그건 당신들이 살고 있는 세계가 이상하다는 뜻이에요. 몰랐겠지만 당신들이 지금 살고 있는 삶은 내가 지금 당신들에게 보여 주고 있는 이런 기괴한 이미지들처럼 이상하고 요상하게 흘러가고 있는 거랍니다." 이렇게 말이에요.

거울 감옥에 갇힌 죄수

이 글의 맨 앞에서 제가 21세기 현재의 예술가들이 백 년도 더 전에 태어난 이상의 작품에서 끊임없이 창조적인 영감을 얻고 있다고 했지요? 그것도 낡고 시대에 뒤쳐졌다는 구식의 느낌도 없이 말이에요. 이는 오늘날 예술가들이 이상의 작품에서 이상을 발견하는 것이 아니라 자기 자신의 얼굴을 발견하기 때문입니다. 말하자면 이상은 21세기 현재 예술가들의 분신인 것입니다.

마찬가지로 여러분이 이상 문학을 읽고 있다면, 여러분 또한 거울을 앞에 세워 놓고 여러분 자신의 얼굴을 들여다보고 있는 것과 다르지 않습니다. 이는 이상이 자신의 작품을 통해 조각조각 해체하고 변형한 자신의 삶의 조각들을 우리에게 건네주면서 이 알 수 없는 세계를 우리들의 눈에 보이는 세계로 모자이크해 보라고 말하고 있기 때문입니다. 그래서 이상의 죽음을 슬퍼한 김기림은 그의 죽음을 두고, 한 개인의 죽음이 아니라 "축쇄된 한 시대의 비극"이라고 말하기도 했어요. 축쇄라는 말은 원래의 것보다 크기만 줄여서 인쇄한 것이라는 뜻이에요. 이상의 때 이른 죽음은 바로 이 시대가 얼마나 비극적인가를 그대로 보여 주는 하나의 사건이라는 의미죠. 조금 어려울 수도 있지만 김기림의 말을 그대로 옮겨 볼게요.

상(箱)이 우는 것을 나는 본 일이 없다. 그는 세속에 반항하는 한 악한(?) 정령이었다. 악마더러 울 줄을 모른다고 비웃지 말아라. 그는 울다 울다 못해서 인제는 누선(淚腺)*이 말라 버려서 더 울지 못하는 것이다. 상이 소속한 20세기의 악마의 종족들은 그러므로 번영하는 위선의 문명에 향해서 메마른 찬웃음을 토할 뿐이다.

흐리고 어지럽고 게으른 시단의 낡은 풍류에 극도의 증오를 품고 파괴와 부정에서 시작한 그의 시는 드디어 시대의 깊은 상처에 부딪쳐서 참담한 신음소리를 토했다. 그도 또한 세기의 암야(暗夜) 속에서 불타다가 꺼지고 만 한 줄기 첨예한 양심이었다. (…중략…) 이 방대한 설계의 어구에서 그는 그만 불행히 자빠졌다. 상의 죽음은 한 개인의 생리(生理)의 비극이 아니다. 축쇄(縮刷)된 한 시대의 비극이다.

김기림, 「고(故) 이상의 추억」 중에서

누선(淚腺)   눈물을 분비하는 상피 조직의 기관

자기를 탐구하는 시인, '모던 보이' 이상

그러니 이상 문학은 힘들고 어려울 수밖에 없어요. 이상은 '내 눈에 보이는 모습은 이런 세상입니다'라고 우리에게 직접 말해 주지 않고, 조각조각 깨져 나가 일그러진 얼굴만이 비치는 그런 거울을 보여 주면서 '당신들이 직접 거울의 조각들을 잘 배열해서 진실한 당신의 진짜 모습을 스스로 발견하세요.'라고 말하고 있기 때문이에요. 이상은 또 이렇게 말합니다. '조심하세요. 당신이 마침내 당신의 진짜 얼굴이라고 생각한 바로 그 얼굴이 여러분을 속이고 있는 가짜 얼굴일 수 있습니다.'라고요. 더 나아가 그는 자기의 얼굴마저 도저히 분간이 되지 않을 정도로 일그러뜨려 버립니다. 다음 시처럼 말이에요.

자화상(습작)

여기는 도무지 어느 나라인지 분간을 할 수 없다. 거기는 태고(太古)와 전승하는 판도가 있을 뿐이다. 여기는 폐허다. 「피라미드」와 같은 코가 있다. 그 구멍으로는 〈유구한 것〉이 드나들고 있다. 공기는 퇴색되지 않는다. 그것은 선조가 혹은 내 전신이 호흡하던 바로 그것이다. 동공에는 창공이 응고하야 있으니 태고의 영상의 약도다. 여기는 아모 기억도 유언되어 있지는 않다. 문자가 닳아 없어진 석비(石碑)처럼 문명의 〈잡답(雜踏)한 것〉이 귀를 그냥 지나갈 뿐이다. 누구는 이것이 〈떼드마스크(死面)〉라고 그랬다. 또 누구는 〈떼드마스크〉는 도적맞았다고도 그랬다.

죽음은 서리와 같이 나려있다. 풀이 말라버리듯이 수염은 자라지 않는 채 거칠어갈 뿐이다. 그리고 천기(天氣)모양에 따라서 입은 커다란 소리로 외친다 — 수류(水流)처럼.

이 시의 제목은 '자화상'입니다. 자화상이라는 것은 자기의 모습을 그린 그림이라는 뜻이지요. 그런데 이 그림의 첫 장면을 이상은 "여기는 도무지 어느 나라인지 분간을 할 수 없다."라는 말로 시작하고 있어요. 자신의 진짜 얼굴이 어떤 얼굴인지 알 수 없었던 이상은 진짜와 가짜가 뒤섞여 있는 자기 얼굴을 그냥 "폐허"처럼 뭉개버리고, 남아 있던 기억도 모조리 없애 버립니다. 그리고 문자가 닳아 없어진 비석처럼 잡다한 문명의 흔적들은 그냥 한 귀로 흘려보내지요. 고정관념과 선입관 같은 것이 생길 모든 여지를 없애고 완전히 하얀 백지 상태로 자신을 만들어 버린 것입니다.

우리가 이상의 모습에서 우리의 모습을 발견할 수 있는 것은 이렇게 이상 스스로가 자기의 진짜 모습을 찾기 위해 고군분투를 하고 있기 때문이겠죠. 그런데 진짜 자기의 모습을 찾기 위해 자기를 객관화하고 탐구하는 이런 일들은 생각만큼 쉽지 않을 뿐만 아니라 아주 위험한 일이기도 합니다. 자신의 마음 깊숙한 곳에 숨어 있던 악한 본성을 발견했지만 그 스스로가 이 본성을 통제할 수 없게 되자 그만 자살이라는 선택을 내리고 마는 지킬 박사처럼 말이에요.

내가결석한나의꿈. 내위조가등장하지않는내거울. 무능이라도

자기를 탐구하는 시인, '모던 보이' 이상

좋은나의고독의갈망자다. 나는드디어거울속의나에게자살을권
유하기로결심하였다. 나는그에게시야도없는들창을가리키었다.
그들창은자살만을위한들창이다. 그러나내가자살하지아니하면
그가자살할수없음을그는내게가르친다. 거울속의나는불사조에
가깝다.

　악한 본성을 상징하는 하이드를 통제하려고 했던 지킬 박사처럼,
「오감도 시제15호」에서 이상은 자신을 위장하고 있는 '또 다른 나'
에게 없어지라고 명령하면서 '또 다른 나'를 통제하려는 시도를 합
니다. 하지만 그는 곧 나이기에 그가 없어지면 나도 없어질 수밖에
없다는 것을 알아차립니다. 그래서 어떤 사람은 이상이 '거울 감옥
에 갇힌 죄수'라고 말하기도 합니다. 실제로 「오감도 시제8호」에서
이상은 거울 속에 자신을 가두고, 그 거울상을 해부하는 실험을 하
기도 해요. 물론 이 실험은 실제로 수술대 위에서 해부를 하는 것이
아니라 이상의 머릿속에서 이루어지는 일종의 자기 탐구라고 할 수
있습니다.

　그런데 단지 이상만이 '거울 감옥에 갇힌 죄수'일까요? 아닙니다.
우리 모두가 다 갇혀 있죠. 타인의 시선으로부터 자유로운 사람은
이 세상에 아무도 없습니다. 그런데 이 타인의 시선 중에 가장 무서
운 시선은 바로 내가 나를 바라보는 시선입니다. 거울 속의 이상이
거울 밖의 이상을 쳐다보는 그런 시선 말이에요. 우리가 어떤 부끄

럽고 나쁜 짓을 했다고 했을 때 다른 모든 사람에게 나의 행동을 숨길 수는 있어도 단 한 사람에게만은 숨길 수가 없습니다. 그것은 바로 나 자신이지요. 어떤 나쁜 짓을 했을 때 마음 한구석이 불편해지는 것은 이 때문입니다. 이것을 우리는 죄책감이라고 부릅니다.

타인의 시선을 신경 쓰지 않는 그 어떤 자유로운 영혼도 자기 자신의 시선으로부터는 자유로울 수가 없습니다. 아! 물론 그런 사람이 가끔 있긴 있네요. 사람을 죽여 놓고도 죄책감 따위는 갖지 않는 사이코패스들 말이에요. 하지만 이런 사람들을 인간이라고 할 수는 없겠지요. 정상적인 인간이라면 우리는 누구나 어쩔 수 없이 '거울 감옥에 갇힌 죄수'가 될 수밖에 없습니다. 그러니 '거울 감옥'에 갇힌 우리들은 모두 외롭고 고독한 존재들입니다. 그래서 이상은 「공복」이라는 시를 통해 "나의 내면과 외면과 이 건(件)의 계통인 모든 중간들은 지독히 춥다"라고 고백하기도 했어요. 누구보다 자기 탐구를 철저히 한 시인이었기에 이상은 지독히 추울 만치 고독한 시간을 견뎌야만 했던 것입니다. 시 「꽃나무」의 '꽃나무'처럼 말이에요.

꽃나무

벌판한복판에 꽃나무하나가있소 근처에는 꽃나무가하나도없소 꽃나무는제가생각하는꽃나무를 열심으로생각하는것처럼 열심으로꽃을피워가지고섰소. 꽃나무는제가생각하는꽃나무에게 갈수없소 나는막달아났소 한꽃나무를위하여 그러는것처럼 나는

참그런이상스러운흉내를내었소.

이상 시에서 '꽃나무'는 정원에 찬란하게 피어 있는 수많은 꽃나무가 아니라 벌판 한복판에 홀로 우뚝 서 있는 '꽃나무'입니다. 하지만 이 외로운 꽃나무는 열심히 생각하며 꽃을 피워 냅니다. 벌판 한복판에 고립되어 있지만, 홀로 꽃을 피우며 외로움을 '열심히' 감당해 내고 있는 이 '꽃나무'가 제 눈에는 무척이나 아름다워 보입니다. 하지만 이상의 눈에는 이 정도의 '열심'은 부족한가 봅니다. 「거울」의 '나'가 진짜 나를 보지 못하는 것처럼, "꽃나무는 제가 생각하는 꽃나무에 갈 수 없"다고 말하고 있는 것을 보면 말입니다. '거울'을 보며 안타까워하는 「거울」의 '나'처럼 「꽃나무」의 '나' 역시 '꽃나무'의 아름다움에 동화되는 것이 아니라, 그 아름다움에 동화되어 버릴까 두려워 '꽃나무'로부터 막 달아납니다. 그리하여 '나'와 '꽃나무'는 어설프게 화해하지 않고 끝까지 외로움을 감당하려 합니다. 오히려 철저하게 외로움을 견뎌 냅니다. 이상은 그 '꽃나무'처럼 자기를 지독하게도 외롭게 만드는 '거울 감옥'으로부터 어설프게 도망치지 않고 끝까지 자기 탐구를 멈추지 않습니다. 그리고 보면 우리의 선입관과 달리 이상은 요샛말로 멘탈이 정말 강한 사람이었나 봅니다.

모던 걸과 모던 보이들의
문화적 해방구

| 다방 '제비'와 경성의 카페 문화 |

1930년대 초 경성 거리를 수놓은 다방은 '거리의 오아시스', '거리의 공원'이라고 불릴 만큼 당대의 모던 걸과 모던 보이들에게 문화적 해방구 역할을 하던 곳이었습니다. 이 시기의 다방은 사교나 데이트만을 위한 장소가 아니라 음악 감상실, 화랑 등 문화 공간으로서의 역할도 했다고 해요. 자, 그럼 지금부터 시간 여행자가 되어 30년대의 경성으로 걸어 들어가 볼까요?

이 땅 정조를 가장 잘 나타낸 이름, '제비'

서울 종로구 통인동 154-10. 구글맵에 이 주소를 입력하고 지도가 안내해 주는 대로 따라가다 보면 아기자기한 카페와 작은 식당들이 골목골목 숨어 있는 서촌 거리와 만나게 됩니다. 그림처럼 예쁜 그 길을 따라 조금 더 걷노라면 어느새 고풍스런 낡은 기와집 앞에 서게 되지요. 때때로 서촌의 지역 축제가 펼쳐지는 날이면 '제비 다방'이라는 간판을 내걸고 도시의 산책자들을 따뜻하게 맞이하는 이곳은

근처 어딘가에 제비 다방이 있었을 옛 종로 거리(왼쪽)
어린 시절 이상이 살던 집을 수리해 최근에 만든 통인동외 제비 다방(오른쪽)

이상이 어린 시절 자신의 부모님 곁을 떠나 이십여 년간 살았던 '이상의 집'입니다.

1933년, 배천 온천에서 만난 금홍이와 함께 경성으로 올라온 이상은 종로 네거리에 다방 제비를 차립니다. 이곳에는 이상과 가까운 당대의 문인들 외에도 경성에서 활동 좀 한다 싶은 젊은 예술가들이 모두 모여들었지요. 말하자면 제비 다방은 그 시대 문인들의 아지트이자 소통의 공간이었던 셈입니다. 그런데 왜 하필 이름을 '제비'라고 지었을까요?

"봄은 안 와도 언제나 봄긔분 잇서야 할 제비. 여러 끽다점(喫茶店) 중에 가장 이 땅 정조를 잘 나타낸 '제비'란 일홈이 나의 마음을 몹시 끄은다."

1934년 5월 〈삼천리〉라는 잡지에 실린 「끽다점 평판기」라는 글에서 글쓴이는 '제비'란 이름이 '가장 이 땅의 정조를 잘 나타낸 이름'이라서 몹시 마음에 든다고 적고 있습니다. 당시 경성 거리를 수놓은 다방 이름들이 '카카듀', '본아미' '플라타너스' '엘리사' '돌체' 등 대부분 외국어 상호였던 것을 떠올리면, 글쓴이가 '제비'라는 다소 촌스러운 이름에 호감을 표한 게 십분 이해가 되기도 합니다. '커피와 다방'으로 상징되는 근대 문화를 동경하면서도, 식민지인이라는 자의식 속에서 살아야 했던 이상. '제비'라는 이름에는 그런 그의 고뇌와 함께 언제 올지 모를 조선의 봄을 기다리는 청년 이상의 간절한 소망이 담겨 있지 않았을까요?

당대 문인과 예술가들의 아지트

제비 다방에 들어서면 늘 이상이 좋아하는 미샤 엘만의 랄로 협주곡이 축음기에서 울려 퍼졌습니다. 당시 세계적으로 유명한 바이올리니스트였던 미샤 엘만은 소위 '엘만톤'이라고 불리는 부드럽고 달콤한 연주로 많은 사람들을 매혹시켰다고 해요. 김기림, 박태원, 정지용, 이태준, 구본웅 등 30년대를 대표하는 모더니스트 예술가들은 그렇게 제비 다방에 모여 클래식 음악을 들으며 서구의 새롭고 창조적인 예술들을 함께 즐기고, 그에 대한 이야기를 나누곤 했습니다. 이곳 제비 다방은 안타깝게도 지금은 남아 있지 않습니다. 다만 이상을 추억하는 사람들의 글을 통해 그 풍경을 어렴풋이 짐작해 볼 뿐이죠.

구본웅이 그린 이상의 초상 〈우인상〉(위)
창문사에서 일하던 시절(왼쪽부터
이상, 박태원, 김소운)의 모습(아래)

"밖에서 보기에는 멋진 다방이었다. 큰길로 난 한쪽 벽을 터 가지고, 두꺼운 유리로 바둑판같은 칸막이를 해서, 화려한 유리 장 한 면같이 만들어 놓았다.

그 끝에 있는 출입문에는 이런 바둑판식 유리문에다가 투박한 검은 빛 놋쇠 손잡이를 달아놓아서 호화로운 저택의 응접실에 들어가는 느낌을 주었다.

그러나 정작 다방 안은 화려한 바깥에 비해서 빈약하기 짝이 없었다. 휑뎅그레한 홀 속에는 후줄근한 테이블보를 덮은 차 탁자가 넷이 놓여 있고, 흰 벽에는 오직 하나, 고색이 창연한 50호짜리 이상의 자화상이 걸려 있을 뿐 아무런 장식도 없었다.

다방에 의례히 있는 대형 축음기도 없었고, 그 대신 한 모퉁이에 나무 의자를 놓고 그 위에 헐어빠진 포터블 축음기를 놓았다. 갈색 빛깔 투성이로 된 이상의 초상화는 이 홀 속을 더욱 우중충하게 만들었다.

사람이 들어가면 유리창 건너편에 있는 조그만 문이 열리고 소년이 나와서 주문을 받는다. 주방에는 아무도 없고 소년이 주문을 받아가지고 들어가서 제 손으로 차를 만들어 가지고 나오는 것이다."

-조용만, 「이상 시대, 젊은 예술가들의 초상」, 〈문학사상〉, 1987, 4-6.

1931년 조선미술전람회에
출품한 이상의 「자상」

어때요? 제비 다방의 모습이 머릿속에 그려지시나요? 겉보기에는 화려한 듯 보이지만 실내 디자인은 아주 미니멀해서 휑한 느낌마저 주는 그런 다방. 마치 '나는 예술가요!' 라고 고집스럽게 외치는 듯한 갈색 빛깔의 어

이상

두침침한 실내. 너무 음침해 보인다고요? 맞아요. 그곳 벽에 걸려 있었다는 고색창연한 이상의 자화상처럼 제비 다방은 당시 경성의 다른 카페들과는 분위기가 사뭇 달랐습니다.

빨간 꽃도 피는 경성의 단 곳

젊은 예술가들의 꿈의 공간이었던 제비 다방과 달리 당시 경성의 카페는 향락적인 문화와 퇴폐적인 분위기가 지배적이었습니다. '거리의 오아시스'라는 예찬 속에 문화적 해방구 구실을 했던 공간이 변질되어 이상하고 퇴폐적인 분위기로 변한 것입니다. 서구 유럽에서 발전한 카페라는 공간은 본디 제비 다방처럼 예술들이 모여 시를 낭송하고 음악을 연주하며, 예술이나 정치에 대해 논쟁하고 토론하는 그런 장소였습니다. 일본을 경

1937년 〈삼천리〉 1월호에 실린 「서울에 딴스홀을 허하라」

유하여 경성으로 들어온 카페 문화도 이와 크게 다르지 않았지요.

처음에 사람들은 낯설고 이국적인 카페 분위기에 취해 새로운 문화를 경험하고 즐거워했습니다. 하지만 서구의 카페 문화가 조선에 정착되는 과정에서 카페는 점점 퇴폐적이고 향락적인 분위기로 변해 갔어요. 차 대신 술을 파는 곳이 많아졌고 카페가 댄스홀로 변질되기도 했지요. 심지어 범죄의 온상이라는 비난을 받기도 했어요. 또한 카페 여급과의 연애 사건은 하루가 멀다 하고 신문 가십란에 등장하는 단골 메뉴였습니다. 여배우나 여학교 출신 등 개화한 신여성이 주를 이뤘던

1930년대 미쓰꼬시(현 신세계)백화점 옥상 풍경.

카페 여급들은 서구 문화의 세례를 받은 모던 보이들과 순수한 사랑을 나누었지만, 이들의 사랑은 한쪽이 자살하는 등 비극으로 끝나는 경우가 많았어요. 그러다 보니 호사가들의 입방아에 오르내리는 일이 비일비재했지요.

　　카페가 점점 향락적이고 퇴폐적인 공간으로 점점 변질되면서 피해를 입은 것은 지식인이나 예술가들이었습니다. 지식인들은 고독을 즐기며 조용히 사색할 수 있는 동시에 동료들과 만나 그들의 지적 관심사를 소통할 수 있는 공간에 목말라했어요. 하지만 카페 문화의 변질로 그런 공간을 찾기가 쉽지 않았지요. 그래서일까요? 이상은 경

(경북D동거리 거리거리문서)

1938년 〈삼천리〉 5월호에 실린
「서울 거리거리의 다방 지도」

　　　　　이상

영난으로 제비 다방의 문을 닫은 뒤에도 미련을 버리지 못하고 '무기', '쓰루(학)', '식스나인(69)' 등 계속해서 새로운 다방을 개업했습니다. 하지만 이 역시 얼마 못 가 경영난으로 문을 닫아야 했지요. 거의 파산 상태나 다름없었던 이상이 이렇게 계속 다방이라는 장소에 집착했던 것은 잡담을 하다가도 어느 순간 번뜩이는 예술적 영감을 주고받는 그런 창조적 공간이 너무도 절실했기 때문일 거예요. 「오감도」의

18세기 말에서 19세기경에 유행한 '모서리 의자'
제비 다방에 있던 의자의 원형으로 짐작된다.

산실이 제비 다방이었다는 점을 생각하면 이런 심증은 더욱 굳어집니다. 그러고 보면 제비 다방의 황폐하고 삭막한 실내 분위기는 어찌 보면 남들과는 다른 삶을 산다는 예술가의 자의식이 그대로 반영된 결과인지도 모르겠네요. ◉

3

죽고 싶은 마음이
칼을 찾는다

{ 죽음과 대결한 자유로운 인간 }

죽음의 공포를 시로 형상화하다

자기를 탐구하는 존재인 한 인간은 누구나 외로울 수밖에 없다고 했지만, 이상을 고독하게 한 또 다른 이유 중에 하나는 그가 폐결핵 환자였다는 사실에 있습니다. 이상이 활동하던 1930년대에 결핵은 치료가 거의 불가능한 가장 무서운 질병이었습니다. 동경에서 죽고 난 뒤인 1939년에 발표된 「병상이후」라는 수필에서 이상은 이 병으로 인한 자신의 고통에 대해 '그'라는 3인칭의 주어로 다음과 같이 적고 있습니다.

목은 그대로 타들어온다. 밤이 깊어 갈수록 신열이 점점 더 높아가고 의식은 상실되어 몽현간(夢現間)˙을 왕래하고 바른편 가슴은 펄펄 뛸 만큼 아파 들어 오는 것이었다. 무엇보다도 우선 가슴 아픈 것만이라도 나았으면 그래도 살 것 같다. 그의 의식이 상실되는 것도 다만 가슴 아픈데 원인될 따름이었다(적어도 그에게

몽현간(夢現間) 꿈과 현실 사이

죽음과 대결한 자유로운 인간

는 그렇게 생각되었다).

'나의 아프고 고(苦)로운 것을 하늘이나 땅이나 알지 누가 아나' 이러한 우스꽝스러운 말을 그는 그대로 자신에서 경험하였다. 약물이 머리맡에 놓인 채로 그는 그대로 혼수상태에 빠져 있었다. 얼마 후에 깨어났을 때에는 그의 전신에는 문자 그대로 땀이 눈으로 보는 동안에 커다란 방울을 지어 가며 황백색 피부에서 쏟아져 솟았다. 그는 거의 기능까지도 정지되어가는 눈을 쳐들어 벽에 붙은 시계를 보았다. 약 들여온 지 십분, 그동안이 그에게는 마치 장년월(長年月)* 의 외국여행에서 돌아온 것만 같은 느낌이었다.

「병상이후」 중에서

그대로 타들어 가는 듯한 목과 펄쩍펄쩍 뛸 만큼 견딜 수 없이 아픈 오른쪽 가슴 때문에 무척이나 고통스러워하고 있는 자신의 모습을 이상은 '그'라는 3인칭 시점으로 객관적으로 적고 있습니다. 하지만 얼마나 고통스러웠으면 십 분이 마치 외국여행을 하고 돌아온 것처럼 아득하게 긴 느낌을 준다고 했을까요?

사실 이상은 「역단」의 연작시 중 하나인 「아침」 이라는 시에서 "캄캄한 공기를 마시면 폐에 해롭다. 폐벽에 끄름* 이 앉는다."라고

장년월(長年月) 긴 시간 동안
끄름 '그을음'의 강원도 방언

말하며 자신의 병조차도 농담의 대상으로 삼았던 사람이었습니다. 하지만 이런 이상조차도 죽음에 대한 공포만큼은 도저히 남의 일처럼 생각할 수가 없었던 모양입니다. 어쩌면 너무 고통스러운 나머지 저렇게 남의 말을 하듯 유머러스하게 말하면서 병이 주는 공포를 떨쳐 버리고 싶었던 것인지도 모르겠습니다. 「공포의 기록」이라는 섬뜩한 제목의 소설에서 이상은 자신이 아픈 것은 결핵 때문이 아니라 몸에 회충이 많아서 그렇다는 식으로 희화화시키기도 합니다. 그만큼 이상은 조금씩 자신에게 닥쳐오는 죽음의 순간이 너무나 두려웠던 것입니다.

그런데 이 결핵이라는 병은 이상 문학에서만 도드라지게 나타나는 문학적 장치는 아니었습니다. 「벙어리 삼룡이」라는 소설로 유명할 뿐 아니라, 그 스스로가 폐결핵 환자였던 나도향은 1923년에 발표된 장편소설 『환희』와 같은 작품에서 결핵이라는 병을 자신의 소설 속에 중요한 장치로 사용하고 있고, 1936년에 발표된 이태준의 「까마귀」는 '결핵계문학'이라는 말을 만들어 낼 정도로 폐결핵이 소설의 미의식을 형상화하는 데 아주 중요한 역할을 합니다.

하지만 「병상이후」와 같은 글에서 살펴봤듯이 이상에게 결핵은 낭만적인 예술가를 상징하는 은유로 그려졌다기보다는 무엇보다도 참을 수 없는 육체적인 고통과 심리적인 불안 및 공포로 다가왔을 것입니다. 병이 가져오는 육체적 고통은 어떻게 할 수 없다 해도 순간순간 닥쳐오는 죽음에 대한 공포를 어떻게든 처리하지 않으면 안 되었겠지요. 그래서인지 이상은 결핵이라는 병을 굉장히 가벼운 대상처럼 대하면서 병이 주는 공포의 중압감을 털어 버리려고 했어요. 앞에서도 이야기했듯이 '아침 공기를 마시는 것은 폐환자에게 해롭다. 아침 공기는 새까맣기 때문에'와 같은 식으로 병을 유머의 대상으로 표현하거나, 자기에게 엄청난 고통을 주는 자신의 육체를 마치 사물처럼 다루기도 하지요. 이를테면 다음과 같은 시처럼 말이에요.

오감도 시제13호

내팔이면도칼을 든채로끊어져떨어졌다. 자세히보면무엇에몹시 위협당하는것처럼새파랗다. 이렇게하여잃어버린내두개팔을 나는 촉대(燭臺)*세움으로내 방안에장식하여놓았다. 팔은죽어도 오히려나에게겁을내이는것만같다. 나는이런얇다란예의를화초분보다도사랑스레여긴다.

이 시는 "내 팔이 면도칼을 든 채로 끊어져 떨어졌다."라는 섬뜩한 장면으로 시작합니다. 그런데 이 떨어진 팔을 보는 이상의 모습이 기괴하기 짝이 없습니다. 자신의 팔임에도 마치 자기와는 아무런 상관이 없는 것인 양 물끄러미 바라보며 관찰하고 있지요. 심지어 장식품처럼 이 팔을 촛대 대신 세워 놓았다고 합니다. 그리고 그

촉대(燭臺) 촛대

렇게 세워 놓은 나의 팔은 내 앞에서 나를 보며 벌벌 떨고 있어요. 팀 버튼의 동화적인 잔혹 영화가 그렇듯이 「오감도 시제13호」는 굉장히 잔인하고 공포스러운 분위기가 동화적인 이미지와 겹치면서 기괴하고도 인공적인 느낌을 불러일으킵니다. 그리고 그 속에서 죽음의 공포는 한층 완화되고 있지요.

이는 마치 죽음의 공포에 압도되는 것이 아니라, 오히려 공포 자체를 예술적 대상으로 만들면서 예술가인 이상이 죽음의 공포를 이리저리 굴리며 못살게 구는 듯한 느낌마저 줍니다. 마치 두세 살 먹은 어린애가 집에서 키우는 강아지나 고양이를 못살게 굴면서 대장질을 하는 그런 모습처럼 느껴지기도 하고요. '나에게 겁을 먹으며 무서워하는 팔이 화초분보다도 사랑스럽다'는 이 시의 마지막 구절을 보면 이런 느낌은 더욱 강해집니다. 이상은 이렇게 결핵이라는 병이 주는 죽음의 공포를 어린아이의 장난감처럼 놀이 대상으로 만들어 버립니다. 잘려 나간 팔이 마치 밀랍 인형의 팔처럼 느껴지게 하는 이상의 이런 기괴한 장난은 자신의 신체 기관을 모형으로 만들어 버리는 시적 상상력으로 변주되기도 합니다. 이를테면 「오감도 시제15호」에서는 다음처럼 모형 심장이 등장하지요.

5
내왼편가슴심장의위치를방탄금속으로엄폐(掩蔽)*하고나는거

엄폐(掩蔽) 가려서 숨김

울속의내왼편가슴을겨누어권총을발사하였다. 탄환은그의왼편
가슴을관통하였으나그의심장은바른편에있다.

6
모형심장에서붉은잉크가엎질러졌다. 내가지각한내꿈에서나
는극형을받았다. 내꿈을지배하는자는내가아니다. 악수할수조차
없는두사람을봉쇄한거대한죄가있다.

「오감도 시제15호」 중에서

이상이 폐결핵 진단을 받은 것은 1930년 봄이라고 알려져 있습
니다. 이때 이상은 조선총독부 건축과 기수로 일하면서 지금으로
치면 서울의 서소문 서대문 경찰청 근처인 의주통(義州通)에서 공
사 감독을 하고 있었어요. 그리고 〈조선〉이라고 하는 잡지에 그의
첫 장편소설인 『12월 12일』을 연재하고 있기도 했고요. 그런데 소
설 『12월 12일』이 5분의 2 정도 연재되고 있을 즈음, 이상은 느닷없
이 소설에서 진행되는 내용과는 별 상관없는 '작가의 말'과 같은 성
격의 글을 다음처럼 끼워 넣습니다.

나의 지난날의 일은 말갛게 잊어 주어야 하겠다. 나조차도 그
것을 잊으려 하는 것이니 자살은 몇 번이나 나를 찾아왔다. 그러
나 나는 죽을 수 없었다. (…중략…) 나에게 나의 일생에 다시없는
행운이 돌아올 수만 있다 하면 내가 자살할 수 있을 때도 있을 것

이다. 그 순간까지는 나는 죽지 못하는 실망과 살지 못하는 복수, 이 속에서 호흡을 계속할 것이다.

나는 지금 희망한다. 그것은 살겠다는 희망도 죽겠다는 희망도 아무것도 아니다. 다만 이 무서운 기록을 다 써서 마치기 전에는 나의 그 최후에 내가 차지할 행운은 찾아와 주지 말았으면 하는 것이다. 무서운 기록이다.

펜은 나의 최후의 칼이다.

- 1930. 4. 26, 어(於) 의주통(義州通) 공사장 이○

『12월 12일』 중에서

많은 사람들은 이상이 아마도 이때쯤에 결핵 진단을 받은 것이 아닐까 생각하고 있습니다. 이상이 이렇게 자살 충동을 느끼고, 자기가 쓰고 있는 이 글이 '무서운 기록'이라고 하는 이유가 단지 폐결핵이라는 병 때문만은 아니었겠지만, 자기에게 운명처럼 다가온 이 병이 절망스러운 이상의 인생을 더욱 절벽으로 몰고 갔을 것이라는 점은 분명합니다. 이상의 시에는 도저히 어쩔 수 없는 상황에서 느끼는 절망스러운 감정이 시적으로 형상화되어 있는 부분들이 자주 등장합니다. 「위독」이라는 연작시로 발표된 「침몰」이나 「절벽」과 같은 시를 보면 특히나 더 그렇지요.

침몰

죽고싶은마음이칼을찾는다. 칼은날이접혀서펴지지않으니날

을노호(怒號)하는초조(焦燥)가절벽에끊치려든다. 억지로이것을안

에떼밀어놓고또간곡히참으면어느결에날이어디를건드렸나보다.

내출혈이빽빽해온다. 그러나피부에생채기를얻을길이없으니악

령나갈문이없다. 갇힌자수(自殊)[*]로하여체중은점점무겁다.

　특히, 「침몰」은 '내출혈'이라고 하는 시어를 보면 알 수 있겠지만, 피를 토하는 각혈을 하게 만드는 병인 폐결핵이 얼마나 이상을 저 밑바닥으로 침몰시키며 절망하게 만드는지를 말해 주는 시입니다. 시의 제목인 '침몰'의 한자어를 본래의 침몰(沈沒) 대신 침몰(沈歿) 이라고 씀으로써 죽음의 의미를 더욱 강하게 표현한 것도 이와 같 은 이유에서였을 것입니다. 이 시에서 이상은 자기 몸속에 악령같 이 고여 있는 피는 자신이 칼을 집어삼켰기 때문이라고 말하고 있 습니다. 내 몸에서 자꾸 피가 나오는 것은 내가 칼을 집어삼켰기 때 문이라고 말하면서 나의 통제 하에 신체가 병들었다는 식으로 시점 을 역전시키고 있지요. 그런데 이상은 죽고 싶은 마음이 칼을 찾았 다고 했어요. 왜 죽고 싶었을까요? 죽음의 공포가 너무 컸던 탓입니 다. 사형수가 형이 집행되는 날까지 견디지 못하고 자살하는 그런 심정이랄까요. 이상이 자신의 신체를 모형 심장으로 만들든, 모형 팔로 만들든, 병에 대해 가볍게 농담을 하든, 이 모든 것은 다가오는

자수(自殊)　자살

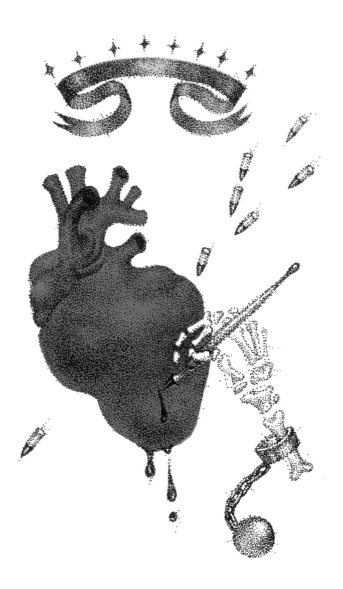

죽음이 너무 무섭고 두렵기 때문입니다.

날자, 한 번만 더 날자꾸나

자유분방한 그의 예술혼과 달리 이상은 여전히 불행한 가정사 속의 아들이었고, 폐결핵을 앓으며 죽음을 기다리고 있는 절망적인 환자였습니다. 그리고 의식이 점점 성장해 가면서 식민지 조선인으로 산다는 것의 의미도 차츰 깨닫고 있는 중이었죠. 뛰어난 머리와 넘치는 재능에도 불구하고 식민지 조선인으로서 그는 공사장의 인부들을 관리 감독하거나 회계 장부의 숫자를 정리하는 일 따위만을 할 수 있을 뿐이었습니다. 병은 이상이 이렇게 무기력한 일을 하고 있을 때 다가왔습니다. 첫 소설이자 유일한 장편소설인 『12월 12일』의 연재를 시작으로 불행했던 자신의 어린 시절을 정리함으로써 청년 김해경에서 예술가 이상으로 발돋움하기 위해 몸을 쭉 펼치려는 찰나에 폐결핵이라는 죽음의 병이 그를 덮친 것입니다.

『12월 12일』은 이상이 자신과 자신의 아버지, 그리고 큰아버지의 관계를 모티프로 삼아 쓴 소설이라고 많은 사람들이 추측하는 작품입니다. 그도 그럴 것이 이 소설 속에 나오는 등장인물들의 모습이 실제 이상의 가족 관계와 묘하게 겹쳐 보이기 때문입니다.

이 소설의 줄거리를 간단히 정리하면 이렇습니다. 소설 속의 주인공인 그는 가난으로 아내와 자식을 모두 잃고, 늙은 어머니와 일본으로 떠나 칠 년 동안 그곳에서 일하며 얼마간의 돈을 모읍니다.

하지만 늙은 어머니는 타국에서 돌아가시고, 자신은 사고로 절름발이가 되는 등 그의 불행은 그치질 않습니다. 그런데 이렇게 불행했던 그에게 뜻밖에도 행운이 찾아옵니다. 북해도에서 일하다 동경으로 간 그가 어느 여관에 잠시 머물게 되었는데, 그 여관 주인의 도움으로 의학 공부를 하게 된 것입니다. 삼 년 만에 의사가 된 그에게 여관 주인은 유산까지 물려줍니다. 덕분에 넉넉한 재산과 의사라는 번듯한 직업을 갖게 된 그는 다시 고향으로 돌아갑니다. 금의환향을 한 거죠. 그렇게 고향에 돌아온 그는 친구와 함께 병원을 개업해 자리를 잡아가는 듯하지만 얼마 후 엄청난 일이 벌어지고 맙니다. 총명하고 잘생기고 감수성이 예민한 청년인 자신의 조카를 그가 그만 실수로 죽게 한 것입니다. 이에 충격을 받은 동생은 형의 병원에 불을 질러 감옥에 갇히고, 이런 모든 일들을 견딜 수 없었던 그가 모든 것을 포기하고 철도 길에서 자살하는 것으로 끝이 나는 이야기가 『12월 12일』입니다.

이 소설에서 도드라지게 드러나는 이상의 생각은 사람은 운명을 벗어날 수 없다는 것입니다. 이상은 주인공의 목소리를 빌어 다음과 같이 이야기합니다.

불행한 운명 가운데서 난 사람은 끝끝내 불행한 운명 가운데서 울어야만 한다. 그 가운데에 약간의 변화쯤 있다 하더라도 속지 말라. 그것은 다만 그 '불행한 운명'의 굴곡에 지나지 않은 것이다.

　그리고 이 말을 증명하기라도 하려는 듯 이상은 소설 속에 '12월
12일'이라는 숫자를 반복해서 등장시킵니다. 12월 12일은 주인공
이 불행한 삶을 등에 업고 고향을 떠났던 날이고, 우연히 찾아온 행
운을 옆에 끼고 십 년 만에 다시 고향으로 돌아온 날이며, 자신에게
다가온 행운이 결국 조카를 죽게 한 원인이 되었다는 것을 깨닫고
철도 위에서 자살을 한 날이기도 합니다. 영화 〈데스티네이션〉처럼
한번 정해진 운명은 그 운명 속에 있는 사람이 아무리 발버둥을 쳐
도 결국 정해진 대로 흘러간다는 것이 이 소설의 주제라고 할 수 있
지요. 이처럼 한번 정해지면 어떤 노력을 하더라도 벗어날 수 없는
운명에 대한 두려움을 이상은 「청령」이란 시에서 이렇게 표현하기
도 했습니다.

　　　몸과나래도가벼운듯이잠자리가활동입니다.
　　　헌데그것은과연날고있는걸까요.
　　　흡사진공속에서라도날을법한데
　　　혹누가눈에보이지않는줄을이리저리당기는것이나아니겠나요.

「청령」 중에서

　내 운명의 주인은 내가 아니라 마치 나를 줄에 매달고 마리오네
트 인형처럼 조종하고 있는 저 위의 어떤 존재가 아닐까 이상은 늘

생각했습니다. 그리고 이렇게 불행한 인생을 살게 한 아버지에 대한 원망 같은 것을 다음처럼 표현하기도 했지요.

육친

크리스트에혹사(酷似)* 한한남루한사나이가있으니이이는그의 종생(終生)과운명까지도내게떠맡기려는사나운마음씨다. 내시시 각각에늘어서한시대나눌변인트집으로나를위협한다. 은애(恩 愛)* ─ 나의착실한경영이늘새파랗게질린다.나는이육중한크리스 트의별신(別身)을암살하지않고는내문벌(門閥)과내음모(陰謀)를약 탈당할까참걱정이다. 그러나내신선한도망이그끈적끈적한청각 을벗어버릴수가없다.

이상은 시에서 종종 자신의 아버지를 '크리스트' 혹은 '모조기독' 과 같은 표현으로 부르곤 했습니다. 그리고 「위독」의 연작시 중 하 나인 「육친」에서는 '남루한 사나이'인 아버지가 자신의 인생과 불 행한 운명을 이상인 자신에게 떠맡기려는 것 같다고 말하고 있습니 다. 이상은 이런 운명이 지우는 부담을 '육중한'이라는 시어로 표현 하며, 이런 운명에서 벗어나고 싶어 하는 자기 마음의 움직임을 '크

혹사(酷似) 아주 닮다
은애(恩愛) 부모 자식 간의 애정

　　　　　　　　　　죽음과 대결한 자유로운 인간

리스트의 암살'이라는 은유로 표현하고 있지요. 여기서 크리스트란 자신의 아버지를 의미하고, 또 자신의 아버지는 저 초라한 실제 아버지만을 의미하는 것이 아니라, 아버지로 은유되는 가족 전체의 운명을 의미하는 것입니다. 그러니까 이상은 가족 혹은 가족을 둘러싸고 있는 불행한 운명으로부터 벗어나고 싶은 절박한 소망을 이 시에서 그런 방식으로 표현하고 있는 셈입니다. 하지만 가족과의 연을 완전히 끊는다는 것은 불가능한 일이지요. 그래서 이상은 "내 신선한 도망이 그 끈적끈적한 청각을 벗어 버릴 수가 없다."라고 말하면서 이 시를 끝내고 있습니다. 그런데 여기서 '끈적끈적한 청각'이라는 것은 무슨 말일까요? 여러분 혹시 이명(耳鳴)이라는 병을 알고 계세요? 귀가 먹먹하고 귓속에서 계속 웅웅거리는 소리가 들리는 병이에요. 안 들으려 귀를 막아 보지만 이 소리는 귓속에서 나는 거라서 소리가 들리는 것을 멈출 수가 없지요. 이런 이명에 시달리는 사람처럼 이상은 자신을 '육중하게' 짓누르고 있는 가족이라는 '끈적끈적한' 운명으로부터 도무지 벗어날 수가 없다고 말하고 있는 거예요. 하지만 이상은 자기에게 운명처럼 주어진 끊임없는 불행으로부터 그만 해방되고 싶었습니다. 소설 「날개」의 마지막에 나오는 주인공의 외침처럼 말이에요.

나는 불현듯이 겨드랑이가 가렵다. 아하 그것은 내 인공의 날개가 돋았던 자국이다. 오늘은 없는 이 날개, 머릿속에서는 희망과 야심의 말소된 페이지가 딕셔너리 넘어가듯 번뜩였다.

이 상

나는 걷던 걸음을 멈추고 그리고 어디 한번 이렇게 외쳐보고
싶었다.

날개야 다시 돋아라.

날자. 날자. 날자. 한 번만 더 날자꾸나.

한 번만 더 날아 보자꾸나.

「날개」 중에서

폐결핵이라는 죽음의 병으로 인해 이상은 운명이라는 것이 자기
가 생각한 것보다 훨씬 더 커다란 힘을 갖고 있는 것이라 생각했을
지도 모르겠습니다. '아! 나는 도저히 운명으로부터 벗어날 수가 없
겠구나.' 이렇게 말이지요.

그럼에도 불구하고 「날개」를 단지 운명론적이고 허무주의적인 소
설로만 이해해서는 안 됩니다. 어떤 사람들은 오히려 이 소설이 이
상 자신을 압도하는 거대한 운명의 힘 앞에 조그마한 자신을 당당하
게 세워 놓고 싸움을 걸면서 운명과 대결하는 소설이라고 읽기도 해
요. 첫 소설인 『12월 12일』의 마지막쯤에 이런 구절이 나오기 때문
입니다.

아 ─ 인제 죽을 때가 돌아왔나 보다! 아니 참으로 살아야 할
날이 돌아왔나 보다!

즉, 이 소설에서 주인공은 불행한 운명에 이길 수 없음을 직감하

고 자살한 것이 아니라는 것입니다. 오히려 운명이 이렇게 불행한 것으로 정해졌음에도, 이것에 꺾이지 않고 끝까지 살아 낸 사람이라는 것이죠. 다시 말해, 소설 속의 주인공이 마지막에 자살했다는 것은, 거꾸로 말하면 마지막까지 삶을 살아 냈다는 것을 의미한다는 것입니다. 이상의 경우도 마찬가지입니다. 그가 비관적이고 허무주의적인 운명론자라면, 자신의 운명이 불행하다는 것을 알게 된 바로 그때 자살하는 것이 합당한 선택이었겠죠. 살아 봐야 불행하고 고통스러울 것이 뻔한데, 그 시간을 연장하는 것이 무슨 의미가 있겠어요. 그러나 이상은 자기에게 시간이 얼마 남지 않았다는 것을 직감하면서도 병든 몸을 이끌고 일본으로 건너간 사람입니다. 그리고 그곳에서 이상은 육신의 고통과 죽음의 공포 속에서도 끝까지 자기의 삶을 문학으로, 또 예술로 꽃피워 냈습니다.

이상의 고뇌와 생각을 가장 깊숙한 곳까지 이해한 친구이자 동료 문인이었던 김기림은 이상을 "결코 운명에서 풀려나지 못하면서도 그저 '가자'고만 외치는 사람"이라고 부르면서, 그를 로마 신화 최고의 신 '주피터'에 비유하기도 했습니다. 그만큼 이상이 자기 인생의 주인으로서 끝까지 삶을 불태웠다는 말이겠죠. 누군가의 눈에는 그저 불행한 삶을 살다 간 사람처럼 보일 수도 있겠지만, 사실 이상은 불나비가 불꽃을 향해 거침없이 달려들 듯 그렇게 자기 운명에 달려들어 끝까지 운명과 힘겨운 대결을 벌인 위대한 예술가였습니다.

결핵을 바라보는 엇갈린 두 개의 시선

| 문학작품 속에 나타난 은유로서의 질병 |

천재 시인 이상을 죽음으로 몰고 간 결핵. 지금은 치유가 가능지만 당시 결핵은 죽음을 의미하는 무서운 질병이었습니다. 그런데 이처럼 사람들을 공포 속으로 몰아넣은 결핵이 문학작품 속에서는 신비롭고 아름다우며 숭고하기까지 한 이미지로 그려졌다는 사실을 알고 계세요? 결핵을 바라보는 서로 다른 두 개의 시선을 통해 결핵에 관한 오해와 진실에 대해 알아봅시다.

문학작품 속에 나타난 결핵

도스토예프스키, 카프카, 바이런, 에드거 앨런 포, 조지 오웰의 공통점은 무엇일까요? 네, 맞아요. 모두 결핵으로 죽은 작가들입니다. 우리나라에서는 이광수, 나도향, 김유정, 이상, 채만식 등이 같은 병으로 세상을 떠났지요. 그래서 결핵은 한때 '글쟁이들의 직업병'으로 불리기도 했고, 누군가는 결핵을 두고 '한국 문학이 가장 사랑한 질병'이라고 표현하기도 했습니다. 나도향, 김유정, 이

국립마산결핵요양소의 옛 전경. 나도향, 임화 등을 비롯해 많은 문인들이 결핵 요양 차 마산을 다녀갔다.

상 같은 한국의 결핵 작가들은 자신들을 죽음으로 몰고 간 결핵을 문학 작품 속에 아름답게 녹여 냈습니다. 나도향의 소설 『환희』는 한국 소설 에서 최초로 결핵을 문학적 은유로 사용한 작품이에요. 비극적인 사랑 과 이별을 겪은 여주인공이 결핵에 걸렸다가 결국엔 자살로 삶을 마감 하는 내용으로, 그 자신도 결핵 환자였던 나도향이 공포의 대상인 결핵 을 문학적으로 아름답게 승화시켰다는 평가를 받는 작품입니다.

　또 자신이 결핵에 걸리지는 않았지만 가깝게 지내던 동료 문인 들이 결핵으로 죽어 가는 모습을 옆에서 지켜봐야 했던 이태준은 소설 「까마귀」에서 여주인공을 통해 결핵이라는 병을 아름답고 기품 있게 그 려 내기도 했지요. 정지용 또한 결핵으로 소중한 아들을 잃었습니다. "고운 폐혈관이 찢어진 채로/ 아아 너는 산새처럼 날아갔구나."라는 절 절한 시구가 담긴 시 「유리창 1」은 그가 아들을 잃은 뒤에 쓴 시라고 하 네요.

숭고하고 순결한 사랑의 은유, 결핵

이처럼 결핵이라는 병은 문학에서 특별하게 취급되던 질병입니다. 여러 문학작품들을 통해 은유적이고 상징적인 의미가 덧씌워졌기 때문이죠. 결핵은 사실 영양이 불균형하여 면역력이 떨어졌을 때 발병한다고 알려져 있습니다. 가난해서 제대로 먹지 못하거나 비위생적인 환경에 사는 사람들에게 주로 나타난다고 하여 '적빈의 병'이라고 불리기도 했지요. 하지만 결핵을 앓고 있는 소설 속의 인물들은 동서양을 막론하고 대부분 젊고 아름답고 고상하게 그려졌습니다. 병이 깊어져 피를 토하거나 그로 인해 창백해진 얼굴은 비극적인 사랑을 하는 소설 속 인물의 슬픔을 더욱 돋보이게 만드는 장치로 사용되기도 했지요.

결핵이라는 병을 둘러싸고 있던 이런 이미지는 사실 서구에서부터 만들어졌고, 서구의 문학과 문화들이 유입되면서 한국 작가들에게 전해졌다고 하는 편이 더 정확합니다. 이렇게 발병의 원인이나 진행 과정, 혹은 그에서 비롯된 육체적 고통과는 아무런 상관없이 문화적이나 미학적으로 만들어지는 병의 이미지를 수전 손택이라는 서구의 학자는 '은유로서의 질병'이라고 명명하기도 했어요.

손택에 따르면 결핵이라는 병은 전염병인데도 불구하고 굉장히 개인적인 질병으로 여겨졌다고 해요. 흑사병이나 콜레라와 같이 급속도로 번지는 대형 전염병과 달리 결핵에 걸린 사람은 '왜 내가 이 병에 걸렸지?'라고 생각한다는군요. 왜냐하면 같은 전염병이라고 하더라도 결핵은 콜레라처럼 급속도로 퍼지는 그런 병이 아니어서 병에 걸리게 된 경로를 사람들이 알 수 없기 때문이에요. 그래서 자신이 신으로부터 버림받았다는 느낌과 더불어 보통의 사람들과는 다른 어떤 특별한

수전 손택. 그녀가 쓴 『은유로서의 질병』은 질병에 대한 은유가 질병이 아닌 '환자'에게 향할 때 얼마나 폭력적일 수 있는지를 다룬 책이다.

◇◇◇◇◇◇◇ 결핵을 바라보는 엇갈린 두 개의 시선

존재, 혹은 저주받은 존재라는 생각을 하게 된다는 것이죠. 특히, 천형(天刑)이라는 말에서 짐작할 수 있듯이 예술가들은 신으로부터 버림받은 존재에 대해 묘한 매력을 느끼기도 하는데, 결핵이라는 질병이 낭만적이고 아름다운 이미지를 가질 수 있었던 것은 모두 이런 생각에서 비롯된 것입니다.

결핵에 관한 오해와 진실

그럼 병리학적으로 본 실제 결핵의 모습은 어떤 것일까요? 결핵은 인류 역사상 가장 많은 생명을 앗아간 무서운 질병으로, 결핵균(Mycobacterium Tuberculosis)이라는 세균에 의해 전염되는 감염성 질환입니다. 활동성 결핵 환자의 기침을 통해 공기 중으로 배출된 결핵균이 호흡을 통해 감염된 뒤 결핵균이 증식하면서 염증 반응을 일으키는 질병이지요. 또한 결핵은 화석에서도 그 존재를 확인할 수 있을 정도로 역사가 오래된 전염병입니다. B.C. 7천 년경 석기시대 화석이나 B.C. 5천 년경 고대 이집트와 페르시아 미라의 폐와 림프선에서도 결핵의 흔적이 발견되며, 고대 인도의 아리아베다교 성전에 '모든 질병의 왕'으로 기록된 것만 보아도 결핵이 얼마나 오랜 역사를 지닌 질병인지, 또 얼마나 무서운 질병이었는지 짐작할 수 있습니다.

결핵에 관한 오래된 오해 중 하나는 예술가나 귀족들처럼 특별한 사람들이 걸리는 고상한 질병이라는 착각인데, 실제 사례를 관찰해 보면 그것이 얼마나 터무니없는 오해인지 금방 알 수 있습니다. 하나의 예로 결핵과 사회적 환경의 연관성을 눈여겨본 톨스토이는 자신이 쓴 소설 『부

크리스마스 씰.

이 상

결핵으로 죽어가는 아내를 위해 아내를 닮은 딸을 모델로 그린 미국 화가 애벗 세이어의 대표작 〈천사〉(왼쪽)
폐결핵에 걸린 병약한 아내를 그린 밀레의 작품 〈실내복을 입은 폴린느 오노의 초상〉(오른쪽)

활』에서 크르일리소프라는 인물을 통해 극심한 추위와 비위생적인 환경이 결핵 환자에게 얼마나 해로운지에 대해 상세하게 묘사하고 있습니다. 날씨가 추운 러시아에서는 결핵 환자가 유난히 많았고, 여유로운 귀족들은 공기가 맑고 따뜻한 남쪽 지방으로 내려가 요양 생활을 하며 건강을 돌볼 수 있었지만 가난한 예술가나 대다수 서민들은 적절한 섭생을 하지 못한 채 극심한 추위와 굶주림 속에서 죽어가는 경우가 대부분이었지요. 어린 시절 아버지를 결핵으로 잃은 데다 그 자신도 말년에 암으로 고통을 받았던 수전 손택은 결핵은 그저 고통스러운 질병일 뿐, 문학에서 그리고 있는 모습과는 아무런 관련이 없다고 말합니다.

손택의 말대로 '질병은 그저 질병이며, 치료해야 할 그 무엇일 뿐'입니다. 의학의 발달로 치사율은 눈에 띄게 낮아졌다고 하지만 결핵은 여전히 서둘러 치료를 요하는 무서운 전염병이랍니다. ◉

4

내 사랑하던 그대여,
내내 어여쁘소서

{ 이상의 연인과 사랑 }

안해 '금홍'과 이상의 연인들

앞서 우리는 소월과 이상의 서로 다른 작품 세계를 비교해 보았습니다. 그런데 흥미로운 것은 두 사람의 작품 세계 사이에 놓인 격차만큼이나 작품 속에서 묘사하는 사랑에도 아주 큰 차이가 있다는 것입니다. 이상은 소설 속에서 소월처럼 낭만적인 영원한 사랑을 그리는 것이 아니라 언제나 사랑이 어긋나고 이별하는 내용의 연애담을 쓰고 있지요. 물론 소월의 시도 이별을 소재로 다룬 것이 대부분이지만, 소월 시의 화자들은 사랑하는 사람을 영원히 기다리며 눈물짓습니다. 언젠가는 돌아올 것이라 철석같이 믿으면서 말이에요. 하지만 이상은 마치 영원한 사랑 따위는 이 세상에 없다고 생각하는 사람처럼 고통스러운 연애소설을 쓰고 있습니다. 이상이 쓴 연애소설은 하나같이 연인들의 이별에 관한 내용을 다루고 있고, 그렇기 때문에 이상이 우리에게 들려주는 사랑 이야기는 언제나 씁쓸한 이야기들뿐입니다. 그것도 아름다운 이별이 아니라 배신과 배반이 난무하는 고통스럽고 쓰디쓴 이별 이야기들뿐이죠. 「동해」, 「실화」, 「단발」, 「환시기」, 「종생기」 같은 소설들이 모두 그렇습니다. 여기서 하나 짚고 넘어갈 부분은 이상이 그런 사랑을 소설로만 쓴 것이 아니라 실제로도 했다는 점입니다. 좀 더 정확하게 말하자면 이상 자신이 실제로 한 연애 이야기를 조금씩 더하고 빼면서 소설을 썼다고 하는 게 옳을 겁니다.

지금까지 공식적으로 확인된 바에 따르면 이상에게는 모두 세 명의 연인이 있었습니다. 첫 번째 연인은 이상이 유일하게 '아내'라는 이름을 붙인 금홍이었고, 두 번째 연인은 러시아 작가 막심 고리키의 전집을 다 읽었을 정도로 교양과 지식이 풍부했던 다방 여급 권순옥입니다. 이상이 동경에서 외롭게 죽어갈 때 그의 죽음을 곁에서 지켜본 변동림은 그의 마지막 연인이었지요.

그중 가장 유명한 이는 아무래도 소설 「날개」에 나오는 '안해(아내)'의 실제 모델인 금홍이일 겁니다. 금홍이와의 별난 사랑 때문일까요? 「날개」는 연작시 「오감도」와 함께 가장 널리 알려진 이상의 대표작이기도 합니다. 게다가 대중으로부터 철저하게 외면당했던 「오감도」와 달리 소설 「날개」는 최재서 같은 당대 최고의 평론가로부터 좋은 평가를 받기도 했지요.

그 33번지라는 것이 구조가 흡사 유곽이라는 느낌이 없지 않다. 한 번지에 18가구가 죽 — 어깨를 맞대고 늘어서서 창호가 똑같고 아궁이 모양이 똑같다. 게다가 각 가구에 사는 사람들이 송이송이 꽃과 같이 젊다. 해가 들지 않는다. 해가 드는 것을 그들이 모른 체하는 까닭이다. 턱살 밑에다 철줄을 매고 얼룩진 이부자

리를 널어 말린다는 핑계로 미닫이에 해가 드는 것을 막아 버린
다. 침침한 방 안에서 낮잠들을 잔다. 그들은 밤에는 잠을 자지 않
나? 알 수 없다. 나는 밤이나 낮이나 잠만 자느라고 그런 것을 알
길이 없다. 33번지 18가구의 낮은 참 조용하다.

「날개」 중에서

이렇게 뭔가 우울하고 무기력한 분위기로 시작되고 있는 소설
「날개」는 매춘부인 아내와 경제 활동을 전혀 하지 못하는 무능력한
남편의 이야기입니다. 이 소설의 도입부에서 화자는 자신이 살고
있는 집이 마치 유곽 같다고 말하고 있지요.

이상이 활발하게 활동하던 1930년대의 우리나라는 정치적으로
는 일제 치하의 식민지였고, 경제적으로는 돈이 세상을 좌지우지하
고, 돈을 가진 사람이 권력을 갖는 초기 자본주의 사회이기도 했습
니다. 서울의 가장 오래된 거리인 종로나 을지로의 현재 모습은 이
시대에 이미 완성되었다고 할 수 있고, 지금과 비교할 수 없는 규모
이긴 하지만 당시로서는 최첨단의 건물들이 경성 중심가에 들어서
던 때이기도 했지요. 하지만 도시 경성이 이렇게 근대 문명 기술로
화려하게 치장을 하면 할수록 도시의 발전 속도를 따라가지 못하는
도시 빈민 역시 점점 늘어날 수밖에 없었습니다. 게다가 이때는 일
제강점기였으므로 식민지 조선인들은 정치적으로, 그리고 경제적
으로 이중의 핍박을 받을 수밖에 없었지요.

1936년에 발표된 소설 「날개」는 이러한 근대 자본주의 사회의

생존 경쟁에서 밀려난 사람들이 모여 사는 빈민촌을 배경으로 하고 있습니다. 그리고 이 소설에 등장하는 매춘부야말로 도시 빈민 중에서도 최하층에 속하는 사람들이라고 할 수 있지요. 아내가 매춘부 일을 하며 번 돈으로 생활을 하는 이 비정상적인 가정에서 소설 「날개」의 화자이자 남편인 '나'는 아내에게 굉장히 성가신 존재입니다. 그래서 '나'는 아내가 일할 때 집을 비워 줘야 합니다. 아내는 매춘부이므로 아내가 일을 한다는 것은 곧 몸을 파는 일입니다. 그리고 물론 이 일은 도시의 모든 경제 활동이 끝난 밤 시간에 이루어집니다. 그러니 유곽 같은 33번지의 아침이 무기력한 것은 당연한 일이지요.

하지만 33번지에 살고 있는 '나'는 아내가 하는 일이 어떤 일인지도 모르고, 자기 집에서 놀던 사람이 왜 아내에게 돈을 주고 가는지도 모릅니다. 마치 어린아이처럼 말이지요. 이 무능력한 남편은 물론 이상 자신을 모델로 하고 있고, 매춘부 아내는 어딘지 금홍이를 연상시키는 인물입니다.

1933년, 너무나 심각해진 병 때문에 더 이상 일을 할 수 없게 된 이상은 조선총독부에 사표를 냅니다. 그리고 친구인 화가 구본웅과 함께 황해도 배천 온천으로 요양을 떠나지요. 그곳에서 이상은 운명의 여인 금홍이를 만납니다. 소설 「봉별기」에서 이상은 자신이 금홍이와 어떻게 만났고, 어떤 사랑을 했으며, 또 어떻게 헤어졌는지를 가슴 아프고도 절절하게 적어 놓고 있지요.

스물세 살이오 ─ 삼월이요 ─ 각혈이다. 여섯 달 잘 기른 수염을 하루 면도칼로 다듬어 코밑에다만 나비만큼 남겨 가지고 약한 제 지어들고 B라는 신개지(新開地)* 한적한 온천으로 갔다. 게서 나는 죽어도 좋았다.

그러나 이내 아직 길을 펴지 못한 청춘이 약 탕관을 붙들고 늘어서서는 날 살리라고 보채는 것은 어찌하는 수가 없다. 여관 한등(寒燈)* 아래 밤이면 나는 늘 억울해했다.

사흘을 못 참고 기어 나는 여관 주인 영감을 앞장세워 밤에 장고 소리가 나는 집으로 찾아갔다. 게서 만난 것이 금홍(錦紅)이다.

"몇 살인구?"

체대(體大)가 비록 풋고추만 하나 깡그라진 계집이 제법 맛이 맵다.

열여섯 살? 많아야 열아홉 살이지 하고 있자니까,

"스물한 살이에요."

"그럼 내 나인 몇 살이나 돼 뵈지?"

"글쎄 마흔? 서른아홉?"

나는 그저 흥! 그래 버렸다. 그리고 팔짱을 떡 끼고 앉아서는 더욱 더욱 점잖은 체했다.

「봉별기」 중에서

신개지(新開地) 새로 개발된 곳
한등(寒燈) 찬 등불

금홍은 이상보다 두 살 아래로 온천 여관에서 고용한 기생이었습니다. 황진이와 같은 사람을 보면 알 수 있듯이 사실 조선 시대의 기생은 양반에게 술을 따르고 몸을 파는 사람이라기보다는 요즘으로 치면 예술가에 가까운 사람이었습니다. 글공부께나 했다는 양반 남정네들 앞에서 시를 짓고, 그림을 그리고, 악기를 연주하며 함께 이야기를 주고받을 수 있을 만큼 고상한 품격과 다양한 재주를 갖춘 사람들이었지요. 그러기에 기생들은 비록 신분상으로는 천한 존재였지만 양반들이라고 해서 함부로 대할 수 있는 존재가 아니었습니다. 하지만 조선의 기생들이 만들어 내던 독특한 전통과 품위는 일제 식민 치하에서 이어질 수가 없었습니다. 기생을 관리하고 보호하는 권번들은 몰락했고, 그 결과 얼마 남지 않은 기생들은 점점 싸구려 술집 작부나 매춘부와 다를 바 없는 비천한 존재로 전락하고 말았지요. 배천 온천이라는 관광지 여관에서 오가는 손님들을 상대하던 금홍이 또한 마찬가지였습니다. 이상의 눈에 금홍이는 소녀처럼 어린 계집일 뿐이었지만, 그녀는 이미 열일곱 살에 아이를 낳은 경험이 있는 경산부(經産婦)였습니다. 이상 또한 스물세 살의 젊디젊은 청년이었음에도 결핵에 시달린 나머지 금홍이의 눈에는 마흔 살 가까운 아저씨처럼 보였어요. 온천으로 요양을 떠났다가 이상은 이렇게 운명의 여인 금홍을 만납니다.

　　금홍이가 내 안해가 되었으니까 우리 내외는 참 사랑했다. 서로 지나간 일은 묻지 않기로 하였다. 과거래야 내 과거가 무엇 있

을 까닭이 없고 말하자면 내가 금홍이 과거를 묻지 않기로 한 약
속이나 다름없다.

금홍이는 겨우 스물한 살인데 서른한 살 먹은 사람보다도 나았
다. 서른한 살 먹은 사람보다 나은 금홍이가 내 눈에는 열일곱 살
먹은 소녀로만 보이고 금홍이 눈에 마흔 살 먹은 사람으로 보인
나는 기실 스물세 살이요 게다가 주책이 좀 없어서 똑 여남은 살
먹은 아이 같다. 우리 내외는 이렇게 세상에도 없이 현란하고 아
기자기하였다.

「봉별기」 중에서

사랑에 빠진 이상은 금홍이를 서울로 데려왔고, 다방 제비를 개
업해서 같이 운영합니다. 하지만 이 둘의 사랑은 계속 삐걱거립니
다. 자유로운 영혼의 예술가였던 이상은 생활을 꾸려 나갈 능력이
없었고, 또 자유분방하게 여러 사람들과 만나 술 마시고 놀던 생활
에 익숙한 기생 출신의 금홍에게도 다방 마담 일은 권태롭고 지루
한 일이었습니다. 게다가 애초부터 이문을 남기는 데는 별 관심이
없었기 때문에 제비 다방은 제대로 운영되지 못했어요. 커피는 맛
이 없기로 소문이 났고, 그나마 자주 떨어져 커피를 찾는 손님에게
다른 음료를 권하기도 했지요. 이러니 손님이 점점 끊길 수밖에요.
사정이 이렇게 되자 제비 다방에 찾아오는 사람이라곤 시인 김기림
이나 소설가 박태원 같은 이상의 친구들뿐이었습니다. 소녀처럼 발
랄했던 금홍이는 점점 그 일이 지루해졌어요.

이상의 연인과 사랑

일 년이 지나고 팔월, 여름으로는 늦고 가을로는 이른 그 북새
통에 —

금홍이에게는 예전 생활에 대한 향수가 왔다.

「봉별기」 중에서

삐걱대는 이 둘의 사랑을 두고 이상은 「날개」에서 "우리 부부는
숙명적으로 발이 맞지 않는 절름발이인 것이다."라고 표현하기도
했습니다. 「날개」뿐만이 아니라 이상의 거의 모든 소설에서 연인
혹은 부부는 이렇게 절름발이 관계로 기이하게 비틀려 있습니다.
그래서 이 '절름발이' 이미지는 이상 문학에서 '거울'만큼이나 중요
한 이미지입니다.

지비

내키는커서다리는길고왼다리아프고아내키는작아서다리는짧
고바른다리가아프니내바른다리와아내왼다리와성한다리끼리한
사람처럼걸어가면아아이부부는부축할수없는절름발이가되어버
린다무사한세상이병원이고꼭치료를기다리는무병(無柄)이끝끝내
있다

'사람의 업적을 적어 놓은 글'이라는 뜻을 지닌 「지비」에서 이상
은 자기는 왼쪽 다리가 아프고 아내는 오른쪽 다리가 아프니까 둘

이 부축하면서 아름답게 걸어가면 될 것 같은데, 자기 키는 크고 아내 키는 작아서 어쩔 수 없이 절름발이가 되어 버린다고 말하고 있습니다. 또 이런 말도 합니다. "무사한 세상이 병원이고 꼭 치료를 기다리는 무병(無柄)이 끝끝내 있다."라고 말이에요. 이 말이 무슨 뜻일까요? 먼저 '무사한 세상이 병원'이라는 말은 무사해 보이는 세상이 병원처럼 아픈 사람들로 가득 차 있다는 역설적 표현입니다. 혹은 아픈 사람들로 가득 차 있는 병원이 오히려 무사한 세상이라는 역설도 가능하지요. 그 다음 표현도 마찬가지입니다. 시적 화자는 무병, 즉 병이 없는 상태인데 치료를 기다린다니 역설도 이런 역설이 없습니다. 또한 제목부터 '외짝다리'라는 뜻을 지닌 「척각」이라는 시에서 이상은 '신어 보지도 못한 채 쌓여가는 외짝 구두의 숫자를 보면 슬프게 걸어온 거리가 짐작된다'고 말하고 있습니다.

척각

목발의길이도세월과더불어점점길어져갔다.
신어보지도못한채산적해가는외짝구두의수효를보면슬프게걸어온거리가짐작되었다.
종시(終始)제자신은지상의수목(樹木)의다음가는것이라고생각하였다.

이상은 이렇게 '절름발이'라는 불구의 신체 이미지를 통해 건강하

이상의 연인과 사랑

지 못한 자신의 삶을 은유하는 동시에 언제나 어긋나고야 마는 자신의 건강하지 못한 사랑을 표현했습니다. 이상은 이렇게 육체는 물론이고, 가족이나 연인과의 관계도 건강하지 못한 사람이었습니다.

서로에게 상처만 주는 그런 관계들 속에서 이상의 내면은 점점 황폐해져 갔습니다. 특히, 「날개」에서 이상은 남자 주인공을 통해 자기 자신을 어린 아이가 되어 버린, 정신적으로 건강하지 못한 사람으로 그리고 있지요. 이런 것을 조금 어려운 말로 정신적 퇴행이라고 합니다. 사람이 늙으면 점점 신체적 기능이 퇴행하지요. 청년 같던 아버지는 점점 허리가 구부정한 노인이 됩니다. 어린 나를 번쩍번쩍 안아 올리던 아버지가 이제는 계단 오르내리기도 힘들어 합니다. 그런데 사람이 늙게 되면 이렇게 신체적 기능만 퇴행하는 것이 아니라 정신적 기능도 함께 퇴행합니다. 예전에는 금방 하던 계산이 느려지고, 기억력이 떨어집니다. 이것은 슬프지만 자연스러운 현상입니다. 그런데 사람이 사회적으로 고립된 생활을 너무 오래 하더라도 이런 퇴행 현상이 생깁니다. 소설 「날개」 속의 남자 주인공처럼 말이죠.

근대 자본주의 사회의 뒷골목 풍경

「날개」의 작중 화자인 '나'는 자기 아내가 하는 일이 어떤 일인지도 모른 채, 햇빛이 들지 않는 어두운 골방에서 아내에 기생해 살아가는 무능력한 남편입니다. 그러니까 소설 속 '나'는 금홍이에게 다방 제비의 경영을 맡겨 버린 채 나 몰라라 하고 있는 실제 이상의 분신이기도 한 셈이지요. 다만 「날개」의 '나'는 세상 물정 모르는 이상의 어린애 같은 성격이 더욱 도드라지게 묘사되고 있습니다. 특히 '나'는 어린아이처럼 돈에 대한 관념이 전혀 없는 인물입니다. 어린아이들은 만 원짜리 한 장을 내고 거스름돈으로 몇 장의 천 원짜리를 받으면 기뻐합니다. 그 이유는 아이들이 아직까지 화폐경제에 참여하고 있지 않기 때문입니다. 돈의 의미를 모르는 것이지요. 「날개」의 화자가 바로 그런 인물입니다.

그런데 아이러니하게도 그런 '나'가 돈에 대한 관념을 배우는 것은 몸을 파는 아내를 통해서입니다. '내'가 골방에 갇혀 있는 사이, 아내는 바로 옆방에서 남자들에게 몸을 팝니다. 그래서 아내가 일을 하는 동안 골방에 갇힌 '내'가 아내의 방문을 여는 것은 금기시됩니다. 그렇게 번 돈을 아내는 아침마다 골방의 '나'에게 주고 어디론가 나갑니다. 하지만 그 돈을 어떻게 써야 하는지를 모르는 '나'에게 동전은 장난감이랑 똑같습니다. 어느 날 아내가 외출한 틈을 타 '나'도 외출을 감행합니다. 경성 거리를 밤이 이슥하도록 돌아다녔지만 '나'는 돈을 한 푼도 쓰지 못합니다. 너무나 피곤해진 '나'는 그만 집으로 돌아왔습니다. 문제는 이때부터였습니다. '내'가 자기 방인 골방으로 들어가기 위해서는 아내의 방을 통과해야만 하는데, 이때 아내의 방에는 이미 아내의 손님이 방문해 있었기 때문이죠. 하지만 '나'는 개의치 않고 아내와 아내의 손님이 있는 방을 통과하여 골방으로 들어갑니다. 그 바람에 흥이 깨진 손님은 방을 떠나고, 아내는 '나'에게 엄청나게 화를 냅니다. 그런데 어느 날 '나'는 아내에게 돈을 주면 낮이 아닌 밤에 아내의 방문을 열어도 아내가 화를 내지 않는다는 것을 알게 됩니다. 그렇게 아내에게 돈을 다 써 버린 '나'는 돈에 대한 욕망이 차츰 생겨나기 시작합니다. 이렇게 말이죠.

> 하늘에서 얼마라도 좋으니 왜 지폐가 소낙비처럼 퍼붓지 않나, 그것이 그저 한없이 야속하고 슬펐다. 나는 이렇게밖에 돈을 구하는 아무런 방법도 알지는 못했다. 나는 이불 속에서 좀 울었나 보다. 돈이 왜 없냐면서……
>
> 「날개」 중에서

이렇게 '내'가 돈을 원하기 시작했다는 것은 '내'가 화폐경제에서 말하는 '교환'의 의미를 희미하게 알아차리기 시작했다는 것을 의미합니다. 돈만 있으면 골방에 갇혀 지내지 않고 밤새 아내와 놀 수 있다는 것을 '내'가 알아차린 것이지요. 하지만 '나'의 돈에 대한 관념은 여기까지였습니다. 사람들이 돈을 좋아하는 것은 돈이라는 것이 자신이 원하는 어떤 것을 살 수 있는 가능성을 확보해 주기 때문입니다. 돈이 있어야만 영화관에 가서 보고 싶은 영화도 볼 수 있고, 식당에 가서 맛있는 음식도 먹을 수가 있고, 예쁜 옷이나 신발도 살 수 있으니까요. 자본주의 사회에서 내가 원하는 무엇을 할 수 있다는 가능성을 확보하는 것은 바로 돈을 통해서입니다. 친구랑 분식집에서 떡볶이 한 접시 먹으면서 수다를 떠는 것도 돈이 있어야 가능하지요. 그런 것처럼 여러분이 가족이라는 공동체에서 빠져나와 사회생활을 하려면 돈이 필요합니다. 하지만 「날개」에서의 '나'의 욕망은 바깥 사회로 향해 있는 것이 아니라 어린아이가 엄마를 찾듯이 오직 아내를 향해 있습니다.

그런데 아내는 이런 '나'를 오해합니다. '나'에게 돈만 쥐어 주면 집 밖으로 '나'를 내보낼 수 있을 것이고, 그러면 자기가 손님을 받는 동안 아이 같은 남편이 자신의 방문을 벌컥벌컥 열어 손님을 내쫓는 사고는 치지 않을 것이라 생각한 것이죠. 그래서 아내는 돈을 쥐어 주며 '나'를 외출시킵니다. 하지만 '내'가 원하는 것은 아내와 함께 시간을 보내는 것이었죠. 그러니 아내가 없는 경성 거리에서 '나'에게 돈은 무용지물입니다. 그래서 '나'는 다시 손님을 받아 일을 하고 있는 아내의 방문을 벌컥 열고 골방으로 들어가는 사고를 저질렀습니다. '내'가 외출했을 때 공교롭게도 비가 내렸고, 나는 그만 지독한 감기에 걸렸기 때문이지요. 몸이 아픈 나는 집으로 들어갈 수밖에 없었습니다.

더 이상 '나'를 통제할 수 없다고 생각한 아내는 '나'에게 감기약이라 속이면서 몰래 수면제를 먹이기 시작합니다. 그리고 어느 날 '나'는 아내가 자기에게 한 짓을 알아차립니다. 게다가 '나'는 아내의 방에서 '내'가 보지 말아야 할 장면을 보고야 맙니다. 그 길로 정신없이 집을 뛰쳐나간 '나'는 경성 거리를 헤매다가 경성 중심지에 있는 미쓰꼬시 백화점 옥상에 올라갑니다. 그리고 '나'는 그곳에서 경성의 거리를 내려다봅니다. 이 거리를 이상은 '탁한 회색빛의 거

리'라고 부릅니다.

> 나는 또 회탁의 거리를 내려다보았다. 거기서는 피곤한 생활
> 이 똑 금붕어 지느러미처럼 흐늑흐늑 허비적거렸다. 눈에 보이지
> 않는 끈적끈적한 줄에 엉켜서 헤어나지들을 못한다. 나는 피로와
> 공복 때문에 무너져 들어가는 몸뚱이를 끌고 그 회탁의 거리 속
> 으로 섞여 들어가지 않는 수도 없다 생각하였다.
> 나서서 나는 또 문득 생각하여 보았다. 이 발길이 지금 어디로
> 향하여 가는 것인가를……
>
> 「날개」 중에서

이상은 이렇게 소설 「날개」를 통해 돈에 의해 지배되는 근대 자본주의 사회가 얼마나 비정상적이고 피로한 세계인지를 보여 주고 있습니다. 사실 온천 여관에서 술 따르고 몸을 파는 퇴락한 기생 금홍을 아내로 맞이하여 그녀의 과거는 절대 모른 척하며 그 누구보다 아기자기하게 살 수 있었던 이상의 모습을 우리는 쉽게 이해하기 힘듭니다. 이상은 금홍이가 어떤 일을 하든지 상관없이 다만 그녀를 사랑했던 겁니다. 하지만 이 사랑에 돈과 돈에 의해 유지되는 생활이 끼어드는 순간, 사랑은 그만 힘을 잃어버리고 맙니다.

자전적 소설 「봉별기」에서 이상은 금홍이에게 얻어맞기까지 합니다. 심지어 금홍이는 얼마 후 집을 나가서 다른 남자와 함께 멀리 떠나 버립니다.

이런 실없는 정조를 간판 삼자니까 자연 나는 외출이 잦았고 금홍이 사업에 편의를 돕기 위하여 내 방까지도 개방하여 주었다. 그러는 중에도 세월은 흐르는 법이다.

하루 나는 제목 없이 금홍이에게 몹시 얻어맞았다. 나는 아파서 울고 나가서 사흘을 들어오지 못했다. 너무도 금홍이가 무서웠다.

나흘 만에 외 보니까 금홍이는 때묻은 버선을 윗목에다 벗어놓고 나가버린 뒤였다. (…중략…)

버스를 타고 금홍이와 남자는 멀리 과천 관악산으로 가는 것을 보았다는데 정말 그렇다면 그 사람은 내가 쫓아가서 야단이나 칠까 봐 무서워서 그런 모양이니까 퍽 겁쟁이다.

「봉별기」 중에서

하지만 그것으로 이들의 인연이 아주 끝난 것은 아니었습니다. 두세 달 뒤 금홍이는 아주 초췌한 모습으로 이상에게 되돌아옵니다. 그사이 상처를 받을 대로 받은 이상은 금홍이를 받아 주지 않았습니다. 하지만 더 많이 사랑하는 사람이 약한 사람이라고 했던가요. 그렇게 금홍이를 쫓아 보낸 이상은 며칠을 앓아눕습니다. 결국 이상의 여동생 옥희가 금홍이에게 엽서를 보내고, 사정을 알게 된 금홍이가 다시 이상을 찾아오면서 두 사람은 다시 합치는 듯했지요. 하지만 다섯 달쯤 지났을까요? 금홍이는 또다시 이상 곁을 떠나고 맙니다.

그로부터 사 년의 세월이 흐른 뒤 이상은 금홍이와 한 번 더 마지막 재회를 하게 됩니다. 당시 이상은 이화여전을 다니던 신여성 변동림과 만나고 있었습니다. 변동림은 이상의 절친인 구본웅의 숙모 뻘 되는 사람이었습니다. 구본웅의 아버지가 기생이었던 변동림의 언니와 재혼을 하면서 새롭게 맺어진 관계였죠. 이상은 구본웅의 소개로 변동림을 만나 결혼과 동경 유학을 준비하고 있었습니다. 그러던 차에 금홍이가 되돌아온 것입니다. 이상이 누구보다 사랑한 금홍이였지만, 그녀는 이미 지나간 사랑이었습니다.

금홍이는 역시 초췌하다. 생활 전선에서의 피로의 빛이 그 얼굴에 여실하였다.

"네눔 하나 보구져서 서울 왔지 내 서울 뭘 허려 왔다디?"

"그러게 또 난 이렇게 널 차저오지 않었니?"

"너 장가 갔다드구나."

"애 디끼 싫다. 그 육모초* 겉은 소리."

"안 갔단 말이냐 그럼."

"그럼."

당장에 목침이 내 면상을 향하여 날아들어 왔다. 나는 예나 다름없이 못나게 웃어 주었다.

육모초 몹시 쓴 맛이 나는 꿀풀과의 두해살이풀. 여자나 부인들에게 이로운 풀이라는 뜻에서 '익모초'라고도 함

술상을 보왔다. 나도 한 잔 먹고 금홍이도 한 잔 먹었다. 나는 영변가를 한 마디 하고 금홍이는 육자배기를 한 마디 했다.

밤은 이미 깊었고 우리 이야기는 이게 이생에서의 영이별이라는 결론으로 밀려갔다. 금홍이는 은수저로 소반전을 딱 딱 치면서 내가 한 번도 들은 일이 없는 구슬픈 창가를 한다.

"속아도 꿈결 속여도 꿈결 굽이굽이 뜨내기 세상 그늘진 심정에 불 질러 버려라 운운(云云)."

「봉별기」 중에서

다시 만난 이상과 금홍이는 세상에서 가장 슬프고 아름다운 이별가를 부른 뒤 꿈결처럼 헤어집니다. "속아도 꿈결 속여도 꿈결 굽이굽이 뜨내기 세상 그늘진 심정에 불 질러 버려라"라고 노래하면서 말이죠. 「봉별기」에 나오는 이 이별 장면이 무척 인상적이었는지 '가을방학'이라는 한 인디밴드는 〈속아도 꿈결〉이라는 노래를 지어 부르기도 했습니다.

내 차례에 못 올 사랑인 줄은 알면서도

그런데 「봉별기」의 아름답고 슬픈 이별 장면에서도 살짝 등장한 두 번째 부인 변동림을 만나기 전에 이상에게는 사실 요샛말로 '썸 타는' 관계에 있던 연인이 한 명 더 있었습니다. 이상이 제비 다방을 정리하고 새로 개업한 다방 쓰루에서 일하던 모던 걸 권순옥이었지요. 하지만 그녀와의 사랑도 그리 순탄치는 않았습니다. 이상은 「환시기」라는 소설에서 권순옥을 모델로 한 소설 속의 여성 인물이 이상과 같은 당시의 소설가들과 문학에 대해서 막힘없는 대화가 가능하던 아주 똑똑한 신여성이었다고 말하고 있어요. 이상은 그런 순옥을 사랑했지만, 무슨 이유에선지 사랑 고백을 망설이고 있었습니다. 그러던 차에 이상의 친구였던 소설가 정인택 역시 그녀에게 마음을 빼앗기게 되었죠. 정인택은 친구와 삼각관계가 된 것에 대한 미안함과 부끄러움, 그럼에도 포기할 수 없는 사랑 사이에서 고통스러워하다가 덜컥 자살 시도를 하고 맙니다. 이에 놀란 이상은 순옥에 대한 마음을 정리하고 그녀를 친구에게 보내 주기로 합니다.

그 후 다시 변동림과 만난 이상은 그녀와 비밀스럽게 결혼식을 올립니다. 친구들에게도 알리지 않고 말이죠. 그렇게 동화에나 나올 법한 결혼식을 올렸지만 이상이 그녀와 함께 보낸 시간은 그리 길지 않았습니다. 그녀를 경성에 남겨 둔 채 홀로 아픈 몸을 이끌고 일본 동경으로 떠났기 때문입니다. 그리고 동경 진보초의 하숙집 골방에서 홀로 작품을 쓰며 외롭게 지냈지요. 이 시절 이상의 외로운 심경은 당시 센다이에 있는 동북제대에서 유학 중이었던 친구 김기림에게 보낸 편지에 그대로 녹아 있습니다.

이상이 동경에서 삶을 마감할 때 마지막 순간을 함께했던 변동림은 1937년 그가 동경에서 죽고 난 몇 년 뒤에 화가 김환기와 결혼을 하고, 남편의 성을 따라 김향안으로 개명을 합니다. 맞아요. 우리가 알고 있는 수필가 김향안이 바로 변동림입니다. 재미있는 것은 이상이 쓴 「실화」나 「단발」, 「종생기」 같은 작품 속 여성의 실제 모델을 두고 많은 사람들이 권순옥이 아닌 변동림을 떠올렸다는 사실입니다. 사람들이 그런 생각을 하게 된 것은 소설 속 여성 인물들이 근대적인 학교 교육을 받고 있는 여학생으로 등장하기 때문이었습니다. 또한 당대 소설가들과 문학에 대해 막힘없이 대화할 수 있는 사람은 다방 여급이었던 권순옥보다는 신여성이자 작가였던 변동림에 더 가깝지 않겠느냐는 거였죠.

문제는 이 소설에 등장하는 여성들이 사랑을 게임처럼 여기면서 남자를 우습게 여기는 인물로 그려졌다는 데 있었습니다. 그 때문에 이 소설을 읽은 많은 사람들이 변동림을 이상한 여자로 오해하며 그녀를 괴롭혔지요. 그녀는 자신을 그런 처지에 놓이게 한 이상에게 배신감을 많이 느꼈던 모양입니다. 이름을 바꾸면서까지 이상과의 관계를 끊어 버리려고 했던 걸 보면 말이에요.

소설 속 여성 인물이 어떤 모습으로 그려졌기에 그런 일이 생겼을까요? 「동해」, 「실화」, 「단발」, 「환시기」, 「종생기」에 나오는 여성들은 순진한 남자를 쥐락펴락하는, 나쁘게 말해 남자를 가지고 노는 그런 인물로 그려지고 있습니다. 한마디로 '팜므파탈'(femme fatale)인 셈입니다. 팜므파탈이란 게 대체 무슨 뜻이냐고요? 이 단어를 국어사전에서 찾아보면 이렇게 설명이 되어 있습니다. "남성을 유혹해 죽음이나 고통 등 극한의 상황으로 치닫게 만들도록 운명 지워진 여인." 다시 말해, 아름다운 외모와 거부할 수 없는 매력으로 남자들을 유혹해 멀쩡하던 남자를 한순간에 나락으로 떨어뜨리는 위험한 여인을 말합니다. 나쁜 여자지만 그걸 알면서도 어쩔 수 없이 빠져든다는 점에서 치명적이기도 하지요. 여러분이 조금 더 커서 영화나 소설을 많이 접하다 보면 아마 이런 캐릭터를 어렵지 않게 만날 수 있을 거예요.

문제는 이 위험한 여인들이 연애와 사랑을 게임이나 놀이처럼 생각한다는 것입니다. 여러분이 컴퓨터로 하는 그런 게임처럼 사랑 또한 상대방의 마음을 얻는 게임이라는 것입니다. 보통의 연애는 서로가 서로에게 마음을 빼앗기면 그때부터 연애가 시작되지요. 백 일을 세고, 일주년을 기념하고, 커플링도 교환하면서 사랑이 지속되기를 바라면서 말이에요. 하지만 연애를 게임으로 생각하는 사람에게는 그 순간이 바로 연애가 끝나는 순간입니다. 'gg! Game Set!'이라는 거죠. 그러니까 이상의 연애소설들은 사랑이라는 사람의 진심 어린 마음을 게임에서 점수를 따듯이 획득하는 그런 이상한 연애 이야기들로 가득 차 있습니다.

남녀 간의 이런 사랑 이야기가 여러분에게는 조금 멀게 느껴지나요? 그렇다면 이를 친구 사이의 우정으로 돌려서 생각해도 무방합니다. 여러분은 친구 사이의 우정을 믿나요? 아니, 그런 진실한 감정이 있다고 믿으세요? 우정이든 사랑이든 간에 이런 진실한 감정이 있다고 믿는 사람을 우리는 '낭만적인 사람'이라고 부르고, 이 세상에 그런 진실한 사랑 따위는 없다고 주장하는 사람을 우리는 '냉소적인 사람'이라고 부릅니다. 그런데 이상은 이상하게도 이런 진실한 사랑은 없다고 생각하면서도 끊임없이 그런 사랑을 찾아 헤

맨 사람입니다. 다시 말해, 그런 진실한 사랑이란 불가능한 것이라는 점을 너무나 잘 알고 있으면서도 진실한 사랑을 끝내 포기하지 못한 가여운 사람이 바로 이상입니다. 앞서 이야기한 소설에서 남자 주인공들은 연애를 게임처럼 생각하는 팜므파탈과 같은 여자들에게 봉변을 당하고 나가떨어지는 순진한 남자로 그려집니다. 이상소설 속의 이 순진한 남자들은 하나같이 여자가 만들어 놓은 사랑게임의 덫에 걸려 갈팡질팡하다가 소설이 끝이 나거든요.

그런데 여기서 하나 짚고 넘어갈 부분이 있습니다. 바로 이상이 소설가라는 점입니다. 그러니까 팜므파탈이라는 이 '치명적인 여자' 역시 이상의 머릿속에서 나온 소설 속 인물이란 것이죠. 즉, 게임과 같은 연애 이야기를 우리에게 들려주는 사람은 사실 이상인 것입니다. 따라서 이상이 이런 소설을 계획하고 소설화한 작가라는 점에서 생각해 보자면 그는 굉장히 '냉소적인 사람'입니다. 하지만 소설 속 인물인 순진한 남자 또한 자신을 모델로 하고 있다는 점에서 이상의 모습입니다. 더구나 이상의 소설은 완전한 허구가 아니라 이른바 자전 소설, 그의 실제 삶을 옮겨 놓았다는 점에서 보면 더 그렇지요.

그렇다면 어느 쪽이 진짜 이상일까요? 사랑을 믿지 않는 '냉소적인 사람'이 진짜 이상일까요, 아니면 이 위험한 사랑을 끝내 믿다가 그만 나자빠져 버린 저 순진하기 짝이 없는 '낭만적인 사람'이 진짜 이상일까요? 여러분은 이상이 어떤 사람일 것 같나요? 사실 이상도 자신이 어떤 사람인지 잘 몰랐을 거예요. 「거울」과 같은 시를 우리에게 들려주고 있는 것을 보면 말이에요.

변동림을 난처하게 만들면서까지 이상이 이런 소설들을 쓴 것은 실제로 그녀가 나쁜 여자였기 때문은 아니었을 것입니다. 앞서 살펴본 것처럼 이상은 자신을 공포스럽게 한 죽음의 병조차도 장난꾸러기처럼 유머러스하게 다루었던 사람이기 때문이죠. 그럼에도 그가 이런 소설을 쓴 것은 오히려 이런 소설들을 통해 진실한 사랑이 불가능해진 시대를 조롱하고 싶었던 게 아닐까요?

진실한 사랑이란 분명히 있다고 믿고 그 사랑에 자신의 모든 것을 거는 것이 아니라, 이상처럼 진실한 사랑이란 없다는 것을 알면서도 그럼에도 불구하고 사랑을 믿는 이런 바보 같은 모습을 우리는 '역설', '이율배반', '아이러니'라는 말로 부르곤 합니다. 사전에서는 '역설'이란 말을 이렇게 정의하고 있습니다. "자체의 주장이나 이론을 스스로 거역하는 논설, 또는 그 현상." 그러니까 이상의 작품 속에 등장하는 사랑, 즉 이상이 정말 우리에게 하고 싶은 말은 대충 이런 뜻으로도 번역할 수 있지 않을까요? "진실한 사랑은 없다. 그럼에도 나는 진짜 사랑이 어디엔가 있다고 믿는다. 그래서 바보처럼 보이더라도 나는 끊임없이 사랑에 빠질 수밖에 없다." 어쩌면 이것이 이상의 진짜 속마음일 것입니다. 더구나 이렇게 아름다운 시구를 우리에게 남기고 있는 것을 염두에 둔다면 말이죠.

'내가 그다지 사랑하던 그대여 내한평생에 차마 그대를 잊을 수없소이다. 내차례에 못올사랑인줄은 알면서도 나혼자는 꾸준

히생각하리다. 자그러면 내내어여쁘소서.'

「이런시」 중에서

　그러고 보면 이상은 세상의 어떤 풍파에도 상처받지 않는 순수하고 아름다운 사랑을 할 줄 아는 사람이었던 것 같습니다. 「이런시」의 저 구절을 읽다 보면 그런 생각은 더욱 강해집니다. 심지어 이상이야말로 그 어떤 누구보다 낭만적인 사람이라는 생각마저 들지요. 이 세상에서 가장 비천한 존재인 매춘부를 아내로 맞이하여 누구보다 아기자기하고 아름답게 살 수 있다고 믿었던 순수한 사람. 이상은 바로 그런 사람이었습니다.

조선의 '노라'들은 어떻게 살았을까?

| 신여성들의 삶과 사랑 |

이상이 활동하던 1930년대는 근대 교육과 자유연애의 세례를 받은 신여성들이 쏟아져 나오던 시기였습니다. 이들은 자기의 의지로 배우자를 선택할 수 있는 권리를 가진 첫 세대이자 다양한 사회 진출을 통해 자아실현을 꿈꾼 최초의 세대였지요. 민족 차별과 성차별이라는 이중의 굴레에서 벗어나고자 열심히 배우고 일하며, 그 어느 시기보다 치열한 삶을 살았던 근대 여성의 삶 속으로 들어가 볼까요?

시대와 맞선 신여성의 표본 나혜석(왼쪽)
신여성을 바라보는 남자들의 시선이 담긴 그녀의
만평 「저것이 무엇인고」(〈신여자〉 2, 1920. 4)

'인형의 집'을 떠난 여성들

여러분들은 '노라'가 누군지 아시나요? 네, 맞습니다. '노라'는 1879년 발표된 입센의 희곡 『인형의 집』에 등장하는 인물이에요. 변호사인 남편에게 사랑받는 아내이자 세 아이의 엄마로 평범하고 안정된 삶을 살아가던 중산층 가정주부 노라는 어떤 사건을 계기로 자신이 인형과 다를 바 없는 존재였음을 깨닫고 집을 나오게 되지요. 아이들과 남편, 안정된 삶을 두고 자기 존재의 의미를 찾기 위해 과감히 집을 나서는 이 여성 인물의 등장은 여성해방의 역사가 오래된 서구에서도 당시로서는 굉장한 충격과 반향을 일으켰습니다.

이후 입센의 희곡 『인형의 집』은 여성해방운동에 지대한 영향을 미치게 되었고, 주인공 '노라'는 주체적으로 자신의 삶을 개척하고 삶의 의미를 능동적으로 찾아나서는 새로운 여성상의 대표 아이콘이 되었지요. 바로 그 '노라'처럼 자기 삶을 찾아 나선 당찬 여성들을 20세기 초 조선에서는 '신여성'이라고 불렀습니다.

비록 식민지라는 비극적인 역사 속에서 시작된 변화이긴 했지만 개화기 이후 조선은 봉건적인 사회 구조에서 조금씩 벗어나 새로운 변화를 꿈꾸기 시작했습니다. 그중에서도 여성의 권리에 대한 인식의 변화야말로 가장 두드러진 변화 중 하나였지요. 개화를 주장하는 사회적 목소리들은 억압된 삶의 방식을 당연하게 받아들였던 여성들의 사회적 해방을 주장하기 시작했어요.

특히, 1886년 이화학당을 시작으로 앞다퉈 생겨나기 시작한 신식 교육기관은 근대적인 세계관을 체계적으로 교육받은 신여성들을 다수 배출해 냈고, 이들은 근대적 교육을 통해 형성한 새로운 가치관을 바탕으로 주체적인 목소리로 여성의 자유와 해방을 주장하기 시작했습니다.

1936년 〈조광〉지에 실린 여자 운전수 김영희.

이상

신여성들에게 가장 인기 있었던 직업은?

근대 교육을 통해 새롭게 등장한 신여성들은 적극적으로 사회에 진출하려 했지만 당시 여성들의 사회 진출은 그리 쉬운 일이 아니었습니다. 양성평등이 어느 정도 이루어진 오늘날에도 여자라는 이유로 불이익을 받는 직장 여성들이 적지 않다는 걸 생각하면, 백 년 전 상황이 어땠을지는 짐작되고도 남을 일이죠.

당시에는 사회에 진출한 여성들을 '직업부인'이라고 불렀습니다. 이들은 주로 엘리베이터 걸, 전화 교환수, 차장, 백화점 점원, 타이피스트, 기자 등 제한된 몇몇 직업에 종사했는데, 1930년대 여학생들 사이에서 가장 인기 있었던 직업은 백화점 점원이었다고 해요. 그러다 보니 백화점에서 근무하려면 엄청난 경쟁률을 뚫어야만 했지요.

한편, 1930년대 경성을 중심으로 새롭게 형성되기 시작한 도시 문화는 이른바 '모던 걸'로 불리는 또 다른 직업여성들을 탄생시켰습니다. 이상 소설에 등장하는 것처럼 주로 카페나 바(bar), 다방에서 근무하던 여성들이었지요. 이들 모던 걸은 당시 유행의

1938년 〈여성〉 3월호에 실린 삽화
까이드껄(가이드걸), 버스껄(버스 차장), 틱켓껄(극장 매표원) 등 여성들이 선호하는 새로운 직업을 소개하고 있다.
모던 걸을 풍자하고 있는 화가 안석주의 만평 「모던 걸의 장신운동」(〈신문춘추〉 1927. 6)

첨단을 달리던 멋쟁이들이었기 때문에 대다수 평범한 여성들에게는 질투와 선망의 대상이 되기도 했어요. 요즘으로 치면 무대 위에서 발랄하게 뛰어다니는 걸그룹이나 레드카펫을 밟고 우아하게 걸어가는 여배우들과 비슷한 존재였죠.

실제로 카페의 여급 중에는 영화배우 출신이 가장 많았고, 이화학당처럼 근대적인 교육기관에서 교육을 받은 여학생이 카페 마담이 되는 경우도 적지 않았습니다. 이 시절 문인들은 카페나 다방에서 글을 쓰거나 동료들을 만나곤 했는데, 카페나 다방에서 일하는 이 신여성들은 문인들과 막힘 없이 문학에 대한 이야기를 나눌 정도로 풍부한 문학적 소양을 갖추고 있었다고 해요.

1930년대 카페 여급(〈조광〉 1935. 11)

여성 예술가들의 삶과 사랑

근대식 교육을 받은 여학생들 중에는 문인이 되거나 예술가의 삶을 사는 경우도 많았습니다. 근대 화가로도 높이 평가되고 있는 나혜석(1896~1948)은 회화와 문학 등 다방면에서 자신의 재능을 뽐낸 작가이고, 최승희(1911~1969)는 서구식 현대적 기법의 춤을 창작·공연한 최초의 인물로, 한국 근대 무용을 개척한 무용가로도 잘 알려져 있습니다. 최승희는 해외에서도 주목을 받을 정도로 당대에 실력을 인정받은 무용가였어요. 그녀는 미국과 프랑스, 스위스 등 해외에서 순회공연을 펼치기도 했는데, 특히 일본에서는 잡지에 인터뷰 기사를 싣는 등 그녀와 그녀의 춤에 각별한 관심을 보이기도 했지요.

이상

한편, 그 시기는 강경애, 박화성, 최정희, 백신애 등 여성 문인들의 활동이 활발했던 시기이기도 합니다. 특히, 다방면에 재능을 보이며 기자로도 활동했던 소설가 최정희(1912~1990)는 빼어난 외모와 지성으로 백석을 비롯해 여러 청년 문인들의 가슴을 설레게 했는데, 최근 이상이 보낸 러브레터가 발굴되어 이상 연구자들을 흥분시키고 있습니다.

편지 첫머리에서부터 "당신은 내게 커다란 고독과 참을 수 없는 쓸쓸함을 준 사람입니다."라며 원망하는 구절이 등장하기도 하고, "별이유도 까닭도 없이 자꾸 눈물이 쏟아지려고 해서 죽을 뻔했습니다."라며 소심한 속내를 드러내기도 하는 이 러브레터는 최정희 작가의 딸인 소설가 김채원 씨가 보관하고 있던 어머니의 미공개 편지를 검토하던 중 우연히 발견된 것으로, 편지 끝에 '李箱(이상)'이라고 쓴 한자 서명까지 필체가 동일하다니 이상 연구에 새로운 활력을 불어 넣어 줄 것으로 기대됩니다.

"이리하여 나의 종생(終生)은 끝났으되 나의 종생기(終生記)는 끝나지 않는다."로 끝이 나는 소설 「종생기」에 등장하는 '정희'는 연구자들의 추측대로 정말 최정희를 염두에 둔 인물이었을까요?

어떻든 당시 거의 폐인에 가까운 생활을 했던 이상으로 하여금 삶에 대한 의지를 다시 붙돋우고 이렇게 절절한 러브 레터까지 쓰도록 한 것을 보면 최정희는 정말 매력적인 신여성이었나 봅니다. 지인들의 회고에 따르면 그녀는 깔끔한 성격에 약간의 결벽성을 갖고 있었다고 합니다. 또 그녀의 소설은 굉장히 여성적이고 섬세한 시선으로 여성의 심리를 치밀하게 묘사하는 것으로 평가받고 있으니 여러분도 기회가 된다면 꼭 한번 읽어 보세요. ◉

이상이 소설가 최정희에게 보낸 연서.

5

광선보다도 빠르게
미래로 달아나라

{ 미래를 살았던 시인, 이상 }

이상한 시인 이상

여러분이 알고 있는 것처럼 이상이라는 이름은 본명이 아니라 필명이고, 본명은 김해경입니다. 이상이 자신의 필명을 왜 이상이라고 정했는가에 대해서는 여러 가설이 있는데, 그중 가장 널리 알려진 것은 다음과 같은 이야기입니다.

"하여간 딱한 일일세. 그건 그렇구, 김해경이란 본명의 펜네임을 이상이라고 한 연유를 자네는 아나?

이렇게 내가 물으니 박 군*은, "그거 참 이상이 아니라, 괴상한 이름이지. 좀 서름서름한 다른 친구들이 잘 모르고 그를 이 형이라고 부르는 때면, 이상은 그 텁석부리 얼굴에 너털웃음까지 터뜨리면서, '네, 그것도 좋습니다. 이상은 이 형과도 통할 수 있습니다. 이상은 괴상하고도 통하니까요.' 이렇게 떠들데. 그 이름의 시초는 의주통의 건축 공사장에서 다른 일꾼들이 잘못 알고 '이

박 군   소설가 박태원

상! 하고 부른 데서부터 시작한 이름이라더군."

박 군의 주석이었다.

우리가 '김씨!', '이씨!' 이렇게 부르듯이 일본 사람들은 '김상!', '이상!'이라고 부르는데, 공사판 인부들이 이상의 성이 '김'이 아니라 '이'인 줄 알고 '이상!'이라고 부른 것에서 이상이 그냥 자기의 필명을 이상으로 삼았다는 이야기입니다. 하지만 이상이 의주통 공사장에서 감독으로 있던 때는 1930년경인데, 이상이라는 이름은 1929년 봄에 만든 경성고공 졸업 사진첩에 이미 등장합니다. 그러니 이상이라는 필명은 이상이 경성고공에 다닐 때부터 사용하던 이름이라는 사실을 알 수 있습니다.

이상의 이름을 한자로 쓰면 李箱입니다. 사람 성에 붙이는 李에 '상자'라는 뜻의 상(箱)이지요. 어떤 사람은 이 상자가 그림 그리는 사람들이 들고 다니는 화구 박스라고 해석하는 사람도 있지만, 우리는 조금 더 포괄적인 의미로 생각하기로 해요. 네모난 상자가 지닌 모던한 이미지를 이상이 자신의 이름에 담고 싶었다고 말이지요. 모던한 건축물들을 보면 대개 네모난 상자 이미지들을 갖고 있기도 하고, 실제로 이상이 경성고공을 다닐 때 자주 봤을 것이라 짐작되는 〈조선과 건축〉이라는 잡지를 보면 모던한 이미지의 건축물 사진들이 자주 눈에 띄기 때문이에요.

김해경이라는 이름으로 발표되긴 했지만 이상의 공식적인 첫 번째 시 작품은 1931년 〈조선과 건축〉에 일본어로 발표된 「이상한가역반응」이라는 제목의 연작시였어요. 물론 한자는 다르지만, '이상'이라는 말에는 정상적이지 않다는 뜻의, 또는 별나거나 색다르다는 뜻(異常)도 있고, 수량, 정도, 위치 등이 일정한 기준보다 더 많거나 앞선다는 뜻(以上)도 있지요. 뿐만 아니라 생각할 수 있는 가장 완전한 상태라는 뜻(理想)도 담겨 있고요. 이처럼 이상이라는 필명에는 다층적인 의미가 들어 있습니다. 그래서 어떤 사람은 "이상(異常)한 그 이상(以上)의 시인, 이상(李箱)"이라는 언어유희로 이상을 소개하기도 하지요.

다양한 뜻을 지닌 이상이라는 이름처럼 그를 '이상'한 시인으로, 또 상상 그 '이상'의 시인으로 만드는 것은 물론 그의 작품들입니다. 이상의 작품들은 마치 비밀스럽고 이상한 미로 같아서 많은 사람들이 그 미로 속으로 기꺼이 들어가 아리아드네의 실을 허리춤에 차고 입구와 통하는 출구를 찾아 기세등등하게 나오려 합니다만, 이상의 작품은 영화 〈큐브〉의 끊임없이 움직이는 큐브처럼 더욱더 복잡한 미로를 우리 앞에 던져 주곤 하지요.

그래서일까요? 이상의 작품 대부분은 21세기 현대를 사는 우리에게도 여전히 낯설고 난해하게 다가옵니다. 「삼차각설계도」라든가 「건축무한육면각체」, 「오감도」와 같은 이상의 연작시는 타이틀부터 그것의 의미가 명확하게 이해되지 않는 낯선 언어들로 이루어져 있어요. 실제로 '삼차각'이라든가 '오감도'와 같은 표현은 현실 속에서 실제로 사용되는 일반적인 언어가 아니라 이상이 만들어 낸 특수한 언어입니다. 그러니 이상 문학의 낯선 감각은 다분히 그가

미래를 살았던 시인, 이상

의도한 결과라고 할 수 있겠죠.

오감도 시제4호

환자의용태에관한문제.

```
●  0  9  8  7  6  5  4  3  2  1
0  ●  9  8  7  6  5  4  3  2  1
0  9  ●  8  7  6  5  4  3  2  1
0  9  8  ●  7  6  5  4  3  2  1
0  9  8  7  ●  6  5  4  3  2  1
0  9  8  7  6  ●  5  4  3  2  1
0  9  8  7  6  5  ●  4  3  2  1
0  9  8  7  6  5  4  ●  3  2  1
0  9  8  7  6  5  4  3  ●  2  1
0  9  8  7  6  5  4  3  2  ●  1
0  9  8  7  6  5  4  3  2  1  ●
```

　　　진단 0 • 1

　　2 6 • 1 0 • 1 9 3 1

　　　이상 책임의사 이 상

특히, 연작시인「삼차각설계도」중의 한 작품인「선에관한각서 3」나「오감도」연작의 4번째 시를 보면 이게 정말 시가 맞나 싶을 정도로 숫자나 수식 같은 수학적 기호들로 가득하고, 그런 기호들을 기하학적인 모형으로 배열하고 있습니다. 심지어 '뇌수'처럼 그 무렵에는 좀처럼 시어(詩語)로 사용되지 않던 의학 용어마저 등장하지요.

선에관한각서 3

```
      1   2   3
  1   ●   ●   ●
  2   ●   ●   ●
  3   ●   ●   ●


      3   2   1
  3   ●   ●   ●
  2   ●   ●   ●
  1   ●   ●   ●
```

∴ nPn = n(n-1)(n-2)······ (n-n+1)

(뇌수는부채와같이원에까지펴졌다, 그리고완전히회전하였다)

의미 없어 보이는 숫자판으로 이루어져 있는 「오감도 시제4호」
는 0부터 1까지의 숫자들이 11행 나열되어 있고, 점 하나가 왼쪽에
서 오른쪽으로 숫자를 하나씩 보내면서 한 행씩 이동합니다. 이동
의 결과, 점은 숫자판의 대각선으로 가로지르는 하나의 점선으로
나타나지요. 언뜻 보기에는 무의미해 보이는 숫자판 같지만 사실은
미세한 운동이 무한하게 진행되고 있었던 것입니다. 또한 「선에관
한각서 3」은 이 무한한 운동을 수학 책에서 볼 수 있는 수식으로 변
환하여 옮겨 놓고 있지요.

이와 같이 시에 일반적인 문자 언어가 아니라 숫자나 수식을 들
여오고, 마치 거울에 비친 상을 그대로 그린 것 같은 기호의 기묘한
배치는 이상이 얼마나 파격적이고 실험적인 시인이었는가를 조금
더 분명하게 보여 주고 있습니다.

그런데 방금 제가 시를 쓰는 것이 아니라 '그린 것 같다'라는 표
현을 썼죠? 이 점은 특히 우리 문학계에서 이상이 얼마나 중요한 시
인인가를 새삼 알려 주는 지점이기도 합니다. 이상은 한국 근대 시
인 최초로 '낭독할 수 없는 시'를 쓴 시인이기 때문입니다.

여러분도 잘 알고 있듯이 전통적으로 시와 노래는 크게 구분되지
않았습니다. 우리의 전통 시라고 할 수 있는 시조도 시조창과 같은
노래로 향유되었지요. 그런데 사회가 근대적으로 변모해 가듯이 문
학도 근대적으로 변모하면서 시와 노래 사이의 경계가 점점 분명해
졌어요. 이에 따라 사람들이 시를 향유하는 방식도 변모하여 옹기
종기 모여 시를 낭독하고, 또 그 낭독하는 목소리를 귀로 듣던 문화

에서 책상 앞에서 시집을 펼쳐 놓고 홀로 묵독하고 눈으로 보는 문화로 점점 바뀌어 갔어요. 공동체 문화에서 개인화된 문화로 삶의 양식이 바뀌어 가는 근대 사회의 특성이 문학에서는 이렇게 나타난 것입니다.

그러니까 이상의 실험적인 작품이나 이러한 작품들에서 나타나는 전위적인 특성은 이상이 시대와 소통하지 못하는 이질적인 시인이 아니라 얼마나 자신이 살고 있는 시대에 대한 이해력이 뛰어난 시인이었는가를 반증하는 것이기도 합니다. 하지만 세상은 그런 이상을 이해해 주지 않았습니다.

시대를 앞서나간 불운한 천재

시대를 너무 앞서나가는 바람에 당시 대중들과 소통하지 못하고 이해받지 못한 이상의 난감한 상황을 가장 잘 보여 준 사건이 바로 '오감도 스캔들'입니다. 이상은 1934년에 소설가인 상허 이태준이 학예부장으로 있던 〈조선중앙일보〉에 「오감도」 연작을 발표합니다. 이태준은 이상의 「오감도」 연작시를 신문 지면에 발표하기로 결정했을 때부터 이미 대중 독자들의 비판을 어느 정도 예견했습니다. 하지만 그 비판과 반발의 정도는 상상을 초월했습니다. 이상의 절친한 친구 중 하나였던 박태원의 회고에 따르면, 이상의 시가 연재될 당시 신문사에는 매일같이 독자들의 투서가 들어왔다고 해요. 그들은 「오감도」를 정신 이상자의 잠꼬대라고 욕하면서 당장 연재를 중지하라고 압박을 가했고, 이상에게 지면을 내준 신문사까지 싸잡아 욕설을 해 댔지요. 이에 이태준은 양복 주머니에 사표를 넣고 다니면서까지 버텼지만, 점점 더 상황이 악화되자 어쩔 수 없이 연재 중단을 결정하게 됩니다. 이에 크게 상처를 받은 이상은 당대 독자들에게 이렇게 외쳤다고 해요.

> 왜 미쳤다고들 그러는지 대체 우리는 남보다 수십 년씩 떨어져도 마음 놓고 지낼 작정이냐. 모르는 것은 내 재주도 모자랐겠지만 게을러빠지게 놀고만 지내던 일도 좀 뉘우쳐 보아야 아니하느냐. 여남은 개쯤 써 보고서 시 만들 줄 안다고 잔뜩 믿고 굴러다니는 패들과는 물건이 다르다
>
> 「오감도」 작자의 말' 중에서

다른 시인들과 달리 이상이 이렇게 숫자나 수식과 같이 문학과 어울리지 않는 이질적인 요소들을 시와 결합시키고, '삼차각'이나 '오감도'처럼 자신만의 독특한 언어를 사용하면서 전위적이고 실험적인 작품들을 자유롭게 펼쳐 보일 수 있었던 것은 이상이 일찍부터 매우 수준 높은 과학적 지식들과 건축학적 지식을 익혔기 때문입니다. 이상이 자신만의 독특한 문학적 세계를 형성해 나가는 데 있어 경성고공에서 배웠던 건축학적 지식이 큰 역할을 했던 것이지요. 뿐만 아니라 이상은 이런 서구의 근대 학문들을 배우고 익히는 데 그치는 것이 아니라 근대의 건축학적 지식을 시적 상상력과 결

합시켜, 당시의 기술로는 구현할 수 없는 첨단의 건축 설계들을 「건축무한육면각체」나 「삼차각설계도」와 같은 작품으로 실험해 본 것입니다. 특히, 「삼차각설계도」 연작시에서는 아인슈타인의 상대성이론에서나 만날 수 있을 법한 이상의 독특한 시간 이론이 시적으로 표현되고 있어요.

> 사람은빛보다빠르게달아나면사람은빛을보는가, 사람은빛을본다, 연령의진공에있어서두번결혼한다, 세번결혼하는가, 사람은빛보다도빠르게달아나라.

> 미래로달아나서과거를본다, 과거로달아나서미래를보는가, 미래로달아나는것은과거로달아나는것과같은것이아니고미래로달아나는것이과거로달아나는것이다. 확대하는우주를우려하는자여, 과거에살으라, 빛보다도빠르게미래로달아나라.

「선에관한각서 5」 중에서

이상이 살던 시대에 과학자 아인슈타인은 동양에서 우주와 인생을 바라보는 세계관을 뒤바꾼 혁명적이고 위대한 인물로 여겨졌어요. 그래서 1920년대의 어떤 신문에서는 '상대성 이론을 가르쳐라'라는 제목의 논설을 싣기도 했고, 그 외에도 많은 사람들이 신문이나 잡지 같은 매체를 통해 아인슈타인이라는 세계적인 과학자를 대중적으로 널리 알리곤 했습니다.

미래를 살았던 시인, 이상

하지만 이상이 아인슈타인을 이해한 정도는 이런 대중적인 수준은 아니었습니다. 이상은 경성고공에 다니면서 수업이나 책을 통해 이미 기초적인 수준의 근대적인 과학 이론을 접할 수 있었고, 조선총독부 건축과 기수로 일하면서 그곳 도서관에 있는 수많은 과학 서적들을 탐독할 수 있었기 때문입니다. 아인슈타인은 물론이고, 아인슈타인의 수학 선생님이었던 민코프스키의 책도 일본어로 번역되어 조선총독부 도서관에 구비되어 있었다니 꽤 많은 장서가 구비되어 있었던 것 같아요. 그 외에도 당시 총독부 도서관에는 '비유클리드 기하학'이나 '사영기하학', '입체기하학', '위상기하학' 등 시간과 공간을 사유하는 흥미로운 책들이 이상을 유혹하고 있었지요. 이상은 경성고공을 다니면서 기본적인 수준의 수학이나 기하학 공부를 할 수 있었고, 직장 생활을 하면서도 이런 책들을 통해 지식을 쌓아 가고 있었던 것입니다.

그래서인지 「선에관한각서 5」만이 아니라 「선에관한각서」 1부터 7까지의 「삼차각설계도」 전체가 상대성 이론에 준하는 시적 상상력으로 가득합니다. 아니, 이상은 아인슈타인이 수학적으로 밝혀놓은 명제들을 부정하면서 아인슈타인의 생각보다 더 멀리까지 나아가려고 합니다. 이를테면 다음과 같이 말이죠.

속도etc의통제예컨대빛은매초당300,000킬로미터달아나는것
이확실하다면사람의발명은매초당600,000킬로미터달아날수없
다는법은물론없다. 그것을몇십배몇백배몇천배몇만배몇억배몇

조배하면사람은수십년수백년수천년수만년수억년수조년의태고
의사실이보여질것이아닌가, 그것을또끊임없이붕괴하는것이라
고하는가, 원자는원자이고원자이고원자이다, 생리작용은변이하
는것인가, 원자는원자가아니고원자가아니고원자가아니다, 방사
는붕괴인가, 사람은 영겁인영겁을살릴수있는것은생명은생도아
니고명도아니고빛인것이라는것이다.

「선에관한각서 1」 중에서

아인슈타인은 빛이 30만km/s의 속도로 달리고, 어떤 것도 진공
속에서 빛보다 빠른 속도로 달릴 수 없다고 했어요. 하지만 이상은
그런 것이 어디 있느냐고, 과학적으로는 그렇다고 하더라도 엄청난
과학 문명을 발전시켜 온 인간의 정신이 60만km/s로 달리지 못한
다는 법은 없다고 말합니다. 그러면서 이상은 아인슈타인이 보란 듯
이 자신의 머릿속에서 관념의 운동을 펼칩니다. 「삼차각설계도」 연
작은 바로 그런 내용을 시로 담아낸 것입니다. 이 시들을 통해 이상
은 빛보다 빠른 속도로 달려가 미래에서 과거를 보기도 하고, 과거
로 달아나서 미래를 보기도 하면서 과거-현재-미래와 같이 직선의
이미지로 우리의 머릿속에 있는 시간의 이미지들을 이리저리 구부
렸다가, 온 힘을 다해 늘리기도 했다가, 과거의 시간과 미래의 시간
을 한 시점에 붙이기도 하면서 무한한 시간과 우주를 상상합니다.
　이상이 시간에 대한 상상을 이처럼 시적 상상력으로 풀어 보려고

한 것은 언제 다가와도 이상하지 않을 죽음에 대한 공포가 그를 끊임없이 위협하고 있었기 때문일지도 모르겠습니다. 어쩌면 마리오네트 인형처럼 운명의 수레바퀴에 갇혀 어지럽게 돌고 있는 자신에게 시간을 자유롭게 조종하는 신적인 능력을 선물하고 싶었는지도 모를 일이지요. 폐결핵 발병 이후에 발표된 시 「이상한가역반응」도 시간에 대한 자유로운 사유를 기하학적인 상상력으로 풀어낸 작품 중의 하나입니다.

임의의반경의원(과거분사에관한통념)

원내의한점과원외의한점을연결한직선

두종류의존재의시간적영향성
(우리들은이것에관하여무관심하다)

직선은원을살해하였는가

현미경
그밑에있어서는인공도자연과다름없이현상되었다.
「이상한가역반응」 중에서

「이상한가역반응」은 이상이 공식적으로 이 세상에 처음 내놓은 작품입니다. 자신의 표지 도안이 당선되기도 했던 잡지 〈조선과 건축〉에 1931년 이상은 「이상한가역반응」을 발표하지요.

이 시에서 이상은 만질 수 없고 형태화할 수 없는 시간을 직선이나 원, 점 같은 기하학적인 요소들로 바꿔서 공간화하고 있습니다. 그리고 '가역반응'이라는 표현을 통해서도 알 수 있듯이, 이상은 시간을 과학 시간에 실험을 하는 실험 대상으로 바꿔 놓고 있지요. 여러분이 과학 실험을 할 때도 무작정 실험도구를 가져와서 실험하지는 않지요? 실험 전에 먼저 가설을 세우고 상황을 통제하는 과정을 거칩니다. 마찬가지로 이상은 이 시에서 실험을 위해 상황을 통제하는 가설을 세우고 있습니다. "임의의 반경의 원(과거분사에 관한 통념)"이라고 쓰인 이 시의 첫 행은 바로 그러한 가설로, '과거분사의 통념으로서 임의의 반경의 원이 있다고 하자'라는 말로 풀어 써 볼 수 있습니다.

여기서 영어 문법을 한번 떠올려 볼까요? 과거분사란 대과거라 할 만한 먼 과거에 시작된 일이 과거 어느 시점에 완료된 것을 표시하는 문법적 기능을 말합니다. 따라서 '과거분사의 통념'이라고 했으니 이 원은 과거의 어느 시점에서 완료된 폐쇄된 시간입니다. 그런데 여기에 이상은 또 다른 가설 하나를 추가하고 있습니다. '원 내의 한 점과 원 밖의 한 점을 연결하는 직선을 그어 보자'라는 말로 풀어 써 볼 수 있는 두 번째 시행이 바로 그것이지요. 이것을 그림으로 그려 보면 대략 다음과 같은 기하학적인 도형을 생각해 볼 수 있을 거예요.

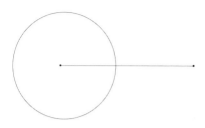

그런데 원 안의 세계는 과거분사의 통념이라고 했으니 이미 시간의 흐름이 완료된 과거의 시간입니다. 그런데 원 바깥에 있는 점을 찍고서 원 안의 한 점과 연결하여 직선을 그어 보라고 했으니, 이것은 원 안으로 상징되는 과거의 한 점과 원 밖으로 상징되는 미래의 한 점을 연결하라는 의미로 해석해 볼 수 있겠네요. 아니나 다를까, 바로 다음 연에서 이상은 이 직선으로 인해 "두 종류의 존재의 시간적 영향성"이 생겨났다고 하고 있네요. 하지만 괄호 속의 작은 목소리로 이상은 이 사건에 대해 "우리들은 무관심하다"라고 말하고 있습니다. 그렇지만 곧 저 강조의 표시가 알려 주는 것처럼 이상은 이에 지지 않고 더 큰 목소리로 외칩니다. "직선은 원을 살해했는가" 이렇게 말이지요.

이 수수께끼 같은 시 구절은 혹시 '운명의 수레바퀴처럼 폐곡선을 그리고 있는 원의 시간을 미래의 저 직선의 시간이 해방시키고 있는가'라는 뜻은 아닐까요? 빛의 속도로 죽죽 뻗어 달아나는 저 미래의 시간이 운명의 감옥 속에서 방황하고 있는 현재의 자신을 해방시킬 수도 있지 않을까 하는 상상을 기하학적인 방법으로 이상이

　　　　이상

재구성해 보고 있는 것은 아닐까요? 그러니까 이상은 시간을 거꾸로 되돌리는 '이상한 가역반응'을 통해 시간을 대상으로 모종의 실험을 하면서 병든 육체의 소생을 꿈꿨던 것인지도 모르겠습니다.

빛의 속도로 미래를 향해하다

시간과 공간에 대한 이상의 이와 같은 상상력은 피카소 같은 유럽의 입체파 예술과 만나면서 더욱 자유롭게 펼쳐집니다. 그림을 좋아하기도 했고, 조선미술전람회에 입선할 만큼 그림 실력을 인정받기도 했던 이상은 입체파, 미래파, 초현실주의, 구성주의 등 당시 유럽에서 유행하던 아방가르드 미술에 많은 관심이 있었고, 또 당시 '제8의 예술'이라고 불리던 영화에도 깊은 관심이 있었습니다. 특히, 시간의 흐름을 조각내고 파편화해서 초현실적인 무의식의 세계를 표현했던 서구의 전위 영화에 큰 관심이 있었죠. "영화는 시간과 공간 모두의 지배를 허락하는 유일한 예술 형식이다."라고 했던 장 콕토의 말처럼 영화는 카메라 기술을 통해 시간을 정지시킬 수도 있고, 편집 기술을 통해 시간을 과거로 되돌릴 수도 있으며, 공간 이동은 물론이고 현실의 눈이 보지 못하는 환상적인 장면도 만들어 낼 수 있는 매력적인 매체였습니다. 이상은 그 영화라는 신종 예술이 만들어 내는 새로운 상상력의 운동을 시를 통해 멋지게 표현해 내고 있는 것입니다.

특히, 이상은 르네 클레르의 영화를 아주 좋아했다고 해요. 르네

클레르는 환상적이고 초현실적인 이미지를 영화로 표현해 낸 프랑스의 유명한 영화감독이었죠. 그리고 이상은 「프랑켄슈타인」이나 「지킬 박사와 하이드」와 같은 심리 괴기물에도 깊은 관심을 표했어요. 「삼차각설계도」 연작시에서 표현된, 시간을 여행하는 상상력은 영화 속에서는 손쉽게 현실화되지요. 영화에서는 클로즈업으로 시간을 정지시킬 수 있는가 하면, 플래시백으로 시간을 거꾸로 돌릴 수도 있으니까요. 뿐만 아니라 동시에 일어나는 사건을 전후 사건으로 배치하여 시간 차를 가지고 있는 듯이 보여 줄 수도 있고, 시간적으로 떨어져 있는 사건들을 동시에 보여 줄 수도 있지요. 먼저 것이 나중에 나오기도 하고 나중 것이 먼저 나오기도 하면서 말이에요.

요즘 리얼리티 프로그램에서 '악마의 편집'이라는 것이 가능한 것도 이런 편집 기술 덕분입니다. 이런 교묘한 편집 기술을 이상은 「실화」라는 소설에서 실제로 사용하기도 해요. 과거의 시간과 현재의 시간, 그리고 경성이라는 공간과 동경이라는 공간을 이상은 현란하게 왔다 갔다 하며 독자들의 혼을 쏙 빼어 놓지요. 그래서 「실화」를 읽을 때 집중하지 않으면 이 소설의 줄거리를 그만 놓치게 됩니다.

이렇게 예술적이고 지적인 것에 대한 폭넓은 관심으로 이상은 어떤 누구와도 비교될 수 없는 자신만의 독특한 문학적 세계를 구축해 나갔습니다. 하지만 그의 문학적이고 예술적인 사유가 빛의 속도 만큼이나 빠르게 미래로 달려 나가면 나갈수록 이상은 세상과도 점점 멀어졌습니다.

오감도 시제11호

그사기컵은내해골과흡사하다.내가그컵을손으로꼭쥐었을때내
팔에서는난데없는팔하나가접목처럼돋히더니그팔에달린손은그
사기컵을번쩍들어마룻바닥에메어부딪는다.내팔은그사기컵을사
수하고있으니산산이깨어진것은그럼그사기컵과흡사한내해골이
다.가지났던팔은배암과같이내팔로기어들기전에내팔이혹움직였
던들홍수를막은백지는찢어졌으리라.그러나내팔은여전히그사기
컵을사수한다.

　신문에 연재하다 독자 대중들로부터 엄청난 비난을 받았던 「오
감도」 연작 중 열한 번째 시입니다. 나뭇가지에서 새로운 나뭇가지
가 자라나듯이 팔에서 새로운 팔이 자라 나오고, 그 팔이 나의 의지
와는 상관없이 손에 들려 있던 사기 컵을 깨트려 산산조각 내고, 자
라난 팔이 다시 뱀처럼 꿈틀대며 원래의 팔 속으로 스며드는 등 현
실적인 감각으로는 도저히 이해할 수 없는 초현실주의적인 이미지
들로 가득한 시이지요. 공포스럽고 괴기스럽기도 하지만 기괴한 이
미지의 연쇄가 그로테스크한 매력을 뿜어내고 있기도 합니다.
　그러고 보니 21세기를 살아가는 우리가 읽어도 이렇게 낯선데
이 시가 1934년 경성 거리에 알려졌을 때 사람들이 받았을 충격을
생각하면 당시 독자들의 반응이 이해되기도 합니다. 실제로 요즘
시대에도 굉장히 파격적인 예술 작품들이 등장했을 때 사람들은 이

를 어떻게 받아들여야 할지 몰라 당황스러워할 때가 있지요. "예술인가 외설인가!" 이런 문구를 통해 짐작할 수 있는 것처럼 말이에요. 마찬가지로 당시의 시대감각으로 이상은 이해하기 버거운 사람이었을 것입니다.

게다가 세상 사람들 모두가 손가락질하는 매춘부를 버젓이 아내라 부르는 이상의 순수한 사랑은 세상 사람들의 눈에 그를 더욱 기이한 사람으로 보이도록 만들었을 것입니다. 사람들은 그런 이상을 두고 정신병자로 몰아붙이거나 심지어 정신적으로 병든 사람이 자기도 알지 못하는 말을 내뱉은 것이라고까지 이상 문학 전체를 비하하기도 했지요. 이상에 대한 이런 오해와 편견은 그가 동경에서 외롭게 죽은 지 거의 백 년이 지난 지금에도 여전히 남아 있습니다.

어떻게 보면 이상 문학은 이상이 죽은 뒤에도 여전히 살아남아 계속 빛의 속도로 미래를 항해하고 있는지도 모르겠습니다. 마치 조종사도 없이 외롭지만 힘차게 날아가고 있는 저 검은 하늘 속의 우주선처럼 말이에요. 어떤가요? 여러분은 지금 이상이 설계한 우주선에 타고 있나요? 빛의 속도로 미래를 향해 날아가고 있나요?

　　　　　　　　　　　　　　미래를 살았던 시인, 이상

일상과 예술의
경계를 허물다
| 하이브리드 예술과 '비빔밥' 문화 |

디지털 시대로 접어들면서 예술과 첨단 과학기술이 손을 잡고, 서로 다른 영역 간의 경계가 무너져 뒤섞이면서 지금껏 경험해 보지 못한 새로운 문화 양상을 만들어 내고 있습니다. 그래서 21세기를 일컬어 하이브리드 시대, 퓨전 문화의 시대라고들 하지요. 그런데 하이브리드 예술의 역사는 생각보다 오래되었다고 해요. 하이브리드 예술의 시초는 무엇이었는지 만나러 가 볼까요?

한국인에게는 '비빔밥 DNA'가 있다?

우리 사회에서 잡종이라는 말은 예전부터 부정적인 이미지로 받아들여져 왔습니다. 단일민족이라는 인식이 강한 우리나라에서, 특히 '혼혈'에 대한 부정적인 인식은 비록 이전처럼 겉으로 분명하게 드러나지는 않더라도 여전히 사회 한구석에 공고하게 자리하고 있지요.

그런가 하면 이와는 전혀 다른 시각으로 한국인에게는 이질적인 것을 '비빔밥'처럼 한데 버무려 동질적인 것으로 만들어 내는 독특한 문화

이상

뮤지컬 〈비보이를 사랑한 발레리나〉의 한 장면.

효소가 있다고 말하는 사람들도 있습니다. 이들은 말합니다. 휴대전화에 MP3와 디지털 카메라를 섞고, 위성방송 수신 기능까지 얹어 세계 최초 제품을 잇달아 내놓을 수 있는 것은 하이브리드형 '비빔밥 DNA'가 한국인의 핏속에 흐르고 있기 때문이라고 말이에요.

어느 쪽이 진실이든 디지털 사회로 접어들면서 각종 미디어의 영향으로 이질적인 문화를 즐기고 향유하는 새로운 문화가 우리 사회 전반에 형성되어 가고 있는 것만은 엄연한 사실입니다. 이러한 사회적 분위기를 반영하듯이 '잡종'이라는 부정적인 말 대신에 '혼종'이라는 비슷한 뜻의 새로운 말을 만들어 사용하거나, 두 개 이상의 영역이 뒤섞여 태어난 전혀 새로운 존재라는 의미로 '하이브리드'라는 말을 사용하는 모습을 자주 발견하게 됩니다.

'개가수'나 '탈개맨'과 같은 요상하면서도 웃긴 표현만 해도 근래 우리 사회에 형성되어 있는 혼종 문화, 바꿔 말해 '비빔밥 문화'의 한 예라고 할 수 있습니다. 특히, 주목할 만한 것은 미술계나 공연·무용계에 나타난 하이브리드 현상이에요. 예를 들어 〈비보이를 사랑한 발레리나〉는 브레이크 댄스, 발레가 혼합된 넌버벌 퍼포먼스(non-verbal performance)의 하나인데, 하이브리드 공연의 대표적인 성공 사례일 뿐 아니라 한국을 세계에 알리는 문화상품의 하나로 자리 잡기도 했지요.

이러한 성공적인 융합의 사례는 2차, 3차의 다양한 결합을 이끌어 내어 자신들만의 독자적인 영역을 확대해 가기도 합니다. 그 예로 이정희 현대무용단은 '호두까기 인형'을 현대적으로 풀어내는 과정에서 비보이를 활용하기도 했고, 금호아시아나는 비보이와 발레리나가 서로를 인정해 가면서 차이를 넘어선다는 점이 자신들이 추구하는 기업 이미지에 적합하다는 이유로 이를 CF로 사용하기도 했지요. 또한 비보이들의 춤사위에 해금, 대금, 가야금, 북 등 전통악기들을 결합시킨 〈비보이 코리아〉가 공연되기도 했고요. 그 밖에도 이전에는 순수예술이 아니라 하여 예술의 한 영역으로 인정받지 못하던 힙합(hiphop)이나 그래피티(graffiti)와 같은 길거리 문화도 이제는 하나의 예술 장르로 인정받고 있습니다. 힙합이나 그래피티는 예술과 놀이의 경계선 위에 있으면서 고상한 예술 속에 놀이의 즐거움을 섞어 넣고, 또 놀이의 즐거움 속에 예술적인 아름다움과 창조력을 섞어 넣은 비빔밥 문화의 대표적인 예입니다. 뿐만 아니라 이런 길거리 문화는 기존의 고리타분한 예술의 개념을 반성하게 하고, 또 예술의 새로운 의미에 대해 생각해 보도록 만듦으로써 예술의 다각화라는 측면에서 긍정적인 기능을 하고 있습니다.

이렇게 기존의 경계와 질서를 허물면서 두 가지 이상의 영역을 동시에 아우르는 일을 하는 사람을 우리는 하이브리드 예술가라고 부릅니다. 그런데 이런 하이브리드 예술가가 21세기에만 존재했던 것은 아닙니다.

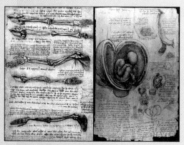

레오나르도 다빈치의 관찰력과 정교한 묘사가 돋보이는 인체해부도.

레오나르도 다빈치 vs 미켈란젤로

하이브리드 예술의 원조이자 가장 대표적인 인물은 레오나르도 다빈치입니다. 〈최후의 만찬〉이나 〈모나리자〉와 같은 위대한 작품을 남긴 레오나르도 다빈치를 르네상스 시대의 화가로만 알고 있는 사람들이 많은데, 다빈치는 화가인 동시에 과학자, 기술자, 발명가이기도 했습니다. 그는 그림뿐만이 아니라 인체해부도, 새의 비행,

미켈란젤로가 창세기를 바탕으로 그린 〈아담의 창조〉

지질학, 식물학, 원근법과 입체기하학 등 다방면에 관심을 가지고 있었고, 기계학과 해부학 등 다양한 분야에 걸쳐 위대한 업적을 남겼지요. 뿐만 아니라 빛과 그림자에 대한 과학적 인식을 분명하게 했던 최초의 과학자이기도 했습니다. 지금 생각하면 굉장히 이상하게 느껴지겠지만 중세 시대에는 마치 레이저빔처럼 인간의 눈에서 빛이 나와서 사물을 비춘다고 생각했다고 해요. 그런데 다빈치는 그 시대에 이미 대기 중의 작은 입자들이 빛을 반사시켜 사물의 고유한 색깔이 나타난다는 것을 알아냈다는 거죠. 그래서 같은 르네상스 시대의 화가인 조르조 바사리는 다빈치에 대해 '초자연적인 은총이 한 사람에게 집중되어서 아름다움과 사랑스러움과 예술적 재능을 고루 갖게 된 사람'이라고 극찬을 하기도 했답니다.

레오나르도 다빈치와 동시대 사람이었던 미켈란젤로 역시 하이브리드 예술가였습니다. 다빈치가 최초로 해부학을 미술에 응용했다면, 미켈란젤로는 이를 구체적으로 실천한 사람입니다. 다빈치의 뒤를 이어 하이브리드 예술을 한 차원 더 발전시킨 셈이죠. 그가 시스티나 예배당에 그린 천장화 중 네 번째 그림인 〈아담의 창조〉가 그 증거라고 할 수 있지요. 1990년 〈미국 의학 협회보〉에 실린 프랭크 린 메시버거라는 의사의 주장에 따르면 조물주를 둘러싸고 있는 배경이 해부학적으로 인간의 뇌 구조와 흡사할 뿐만 아니라 조물주가 입은 분홍색의 옷

과 주변의 녹색의 천은 신경과 핏줄, 혈관 등을 형상화한 것이라고 합니다. 조물주를 둘러싸고 있는 부분을 보면 아닌 게 아니라 얼핏 뇌 구조와 흡사해 보이기도 합니다. 그러한 분석이 타당해 보이는 또 하나의 근거로 그는 아담이 조물주로부터 뭔가를 받고 있는 모습을 자세히 살펴보라고 합니다. 이미 완성된 아담의 육체 상태로 볼 때 아담이 조물주에게 무언가를 받고 있다면 '지성'일 가능성이 가장 크고, 해부학 구조상 지성을 담당한 것은 뇌이기 때문에 의도적으로 그렇게 묘사를 했다는 것입니다. 확인할 수는 없지만 왠지 그럴 듯하게 들리는 것 같지 않나요?

우리나라 최초의 하이브리드 예술가, 이상

이상 역시 대표적인 하이브리드 예술가라고 할 수 있습니다. 레오나르도 다빈치와 미켈란젤로가 영역을 넘나들며 다양한 작업을 했던 것처럼 이상 또한 건축가이자 시인이자 화가로 다양한 경계를 넘나들며 활동을 했으니까요. 문학보다 그림에 먼저 두각을 나타냈던 그는

이상이 직접 디자인한 〈조선과 건축〉의 표지 도안과 시집 『기상도』의 표지.

이상

시와 소설을 발표해 문인으로 세상에 자신의 이름을 알리고 난 뒤에도 책의 표지 디자인을 만들고 삽화를 그리는 등 다채로운 활동을 함께 해 나갔지요. 이상은 김기림의 시집 『기상도』의 표지 장

이상이 '하융'이라는 필명으로 그린 「소설가 구보 씨의 일일」의 삽화.

정을 맡아 단순하면서도 기하학적 느낌의 모던한 표지를 만들어 내기도 하고, 박태원의 소설이 신문에 연재될 때 그의 소설을 압축된 이미지 형태로 묘사한 삽화를 그리기도 하는 등 당시로서는 드물게 멀티 아티스트적인 면모를 유감없이 발휘합니다.

이상의 이런 하이브리드 예술가로서의 면모는 초현실주의에 기반을 둔 유럽의 전위 예술가들이 보여 준 모습이기도 합니다. 특히, 장 콕토와 같은 인물은 시, 소설, 무대예술, 회화, 예술 비평 등 다양한 장르를 넘나들며 장르적 경계를 아주 가볍게 무시해 버리는 대표적인 멀티 아티스트라고 할 수 있습니다. 또한 이상의 문학작품에는 기존의 장르적 경계를 받아들이지 않고, 해체시키는 작품들이 많습니다. 이런 점이 이상 문학작품을 더욱 독특하고 새롭게 만드는 힘이기도 하지요. 기존의 질서를 받아들이지 않고 아슬아슬한 경계 위에 전혀 새로운 질서와 형식을 만들어 내는 형식 파괴자이자 놀라운 창조자 이상. 이상이야말로 진정한 의미의 하이브리드 예술가가 아니었을까요? ◉

6

혐의자로 검거된 남자

{ 식민지 지식인의 고뇌와 역사 비판 }

식민지 조선 '모던 보이'의 슬픔

이상은 살아생전 단 한 번도 자기를 지켜 줄 수 있는 나라를 가져 본 적이 없는 식민지 조선의 아들이었습니다. 세 살이라는 어린 나이에 큰아버지의 양자로 들어가 평생 동안 외로움과 불안에 시달리는 삶을 살아야 했던 이상의 실제 삶은 묘하게도 식민지 조선 민족의 삶과 닮아 있습니다. 자신의 백성을 지켜 주지 못하고 일본의 식민지인으로 살게 한 조선왕조나 가난 속에서 방황하다 아들을 양자로 내주었던 이상의 아버지는 모두 자신의 자식을 제대로 거두지 못한 못난 아비라는 공통점을 갖고 있습니다. 그리고 제국의 야망을 펼치기 위해 조선을 병참 기지화하고 식민화하여 조선 민족의 경제적 토대와 정신적 토대를 초토화시킨 일제의 폭력은 독단적이고 가부장적이었던 큰아버지의 이미지와 그대로 겹쳐지지요.

이런 이중의 겹침 속에서 이상은 불행한 가정사와 불행한 민족사를 고스란히 짊어져야 할 교집합의 원소였습니다. 이상은 한 집안의 장손이기도 했지만 식민지 조선의 아들이기도 했으니까요. 가난을 해결하기 위해 큰아버지의 도움을 받아야 했던 것처럼 식민지

식민지 지식인의 고뇌와 역사 비판

조선의 아들 이상은 근대화된 일본을 배워야만 했습니다. 근대 일본은 배움의 대상인 동시에 조선 민족의 자존심을 건드리는 콤플렉스였습니다.

뿐만 아니라 근대라는 세계는 과거의 전통적 세계를 부정함으로써 새로운 세계로 나아갈 수밖에 없는, 다시 말해 그런 세계와 단절하려는 정신적 태도 위에 세워졌습니다. 우리가 전통으로부터 얼마나 단절된 삶을 살고 있는지는 지금 당장 서울 종로의 북촌마을을 방문해 보기만 해도 됩니다. 이곳에 도착하는 순간 우리는 우리가 살고 있는 공간과는 너무나 다른 이질적인 아름다움과 마주칩니다. 사실 이 건축물들은 백 년 전만 해도 일상적인 공간 속의 건축물이었지만, 지금은 이 낯설고 아름다운 풍경 앞에서 어떤 이국적인 느낌마저 갖습니다.

전통적이고 자연적인 시골 마을은 근대적이고 인공적인 도시로 바뀌고, 전통적인 관습을 대신하여 서양에서 들어온 에티켓과 문화가 사람들과의 관계에서 지켜야 할 관습으로 여겨지며, 전통적인 법을 대신하여 근대적인 새로운 법체계가 만들어지고, 도량형이 바뀌고, 문화가 바뀌고, 사람들의 생각이 바뀌는 그런 세계가 바로 근대라는 세계인 것이지요. 근대적인 것들을 수용하려는 한, 전통은 부정되고 단절된 어떤 것이 되어야만 했습니다. 그래서 일본과 서구 세계를 모델로 한 근대적 세계 속에서 태어나고 자라난 이상과 같은 식민지 조선의 '모던 보이'들은 아버지의 세계를 부정하고, 아버지의 세계와 결별함으로써 스스로의 가치를 증명해야 하는 존재들이었습니다.

여기에서 모순이 발생합니다. 이상을 비롯한 식민지 조선의 '모던 보이'들은 정신적으로는 전통적인 조선보다는 근대화된 일본을 더 익숙하게 생각합니다. 하지만 심리적으로는 자기들이 식민지 조선의 아들임을 부정하지 못합니다. 「오감도 시제2호」에는 그러한 모순, 즉 자신의 어깨를 짓누르는 아버지의 세계라는 중압감으로부터 벗어나고 싶어 하지만 자신의 어깨 위에서부터 저 하늘 끝까지 무한하게 쌓여 있는 '아버지들'의 무게에 휘청거리고 있는 청년 이상의 고뇌가 가득 묻어 있습니다.

오감도 시제2호

나의아버지가나의곁에서조을적에나는나의아버지가되고또 나는나의아버지의아버지가되고그런데도나의아버지는나의아버 지대로나의아버지인데어쩌자고나는자꾸나의아버지의아버지의 아버지의……아버지가되니나는왜나의아버지를껑충뛰어넘어야 하는지나는왜드디어나와나의아버지와나의아버지의아버지와나 의아버지의아버지의아버지노릇을한꺼번에하면서살아야하는것 이냐

못난 아버지와 폭력적인 새 아버지 사이에서 방황하던 이상처럼 식민지 조선의 '모던 보이'들은 조선이라는 못난 나라와 일본이라

식민지 지식인의 고뇌와 역사 비판

는 폭력적인 나라 사이에서 눈치를 보는 불쌍한 자식들이었습니다.

그래서 자기의 고독과 고통과 공포를 고백하는 이상의 개인적인 문장은 어느 순간부터 모든 식민지 조선 민족의 고독과 고통과 공포를 담아낸 시대의 문장으로 읽힐 수 있게 되었고, 나아가 근대라고 하는 세계 속에 살아가는 인간의 고독과 고통과 공포를 담아낸 보편적인 문장으로 읽힐 수 있게 되었습니다. 이를테면 「오감도 시 제1호」에 나타나는 거리의 공포와 불안은 이상 개인의 내면에서 디져 나온 공포와 불안일 수도 있지만, 식민지 조선 민족의 공포와 불안이라고 해도 하등 이상하지 않고, 나아가 근대인이 느끼는 공포와 불안이라고 해도 충분히 공감이 가는 것이지요.

이렇게 이상 문학은 그것이 해석되는 의미들의 이중 삼중의 겹침 속에서 더욱 복잡한 미로가 되었습니다. 이런 점은 이상의 작품이 어렵게 느껴지는 원인이기도 했지만, 이상 문학의 의미를 아주 풍요롭게 하는 계기가 되기도 했지요. 그래서 이상 문학은 이상 개인의 고독하고 고통스러운 내면의 사적인 고백이기도 하지만, 동시에 식민지 근대라는 세계를 비판하는 식민지 엘리트 지식인의 역사 사회적인 비판으로 읽히기도 합니다. 이런 의미의 확장은 이상 문학을 읽는 독자의 힘이기도 하고, 이상 스스로의 힘이기도 했습니다. 다음과 같이 말이죠.

지식의 첨예각도 0°를 나타내는, 그 커다란 건조물은 준공되었다. 최하급 기술자에 속하는 그는 공손히 그 낙성식장에 참예하였다. 그리고 신의 두 팔의 유골을 든 사제한테 최경례하였다.

줄지어 늘어선 유니폼 속에서 그는 줄줄 눈물을 흘렸다. 비애와 고독으로 안절부절 못하면서 그는 그 건조물의 계단을 달음질쳐 내려갔다. (…중략…)

그때에 시간과 공간과는 그에게 하등의 좌표를 주지 않고 그냥 지나쳐 가는 기회를 놓치지 않고 그는 현존과 현재뿐만으로 된 각종의 생활을 제작하였다.

「얼마 안되는 변해(辨解)」 중에서

이 글에서 이상은 조선총독부 건축과 기수로 일하면서 건물 건축 완공 기념식에 참여한 경험을 적고 있습니다. 그리고 이상은 이 완공된 건물을 "지식의 첨예각도 0°"라고 적고 있지요. 그러니 이 건물을 우리는 근대적 지식에 기반을 두고 세워진 근대사회를 상징하는 은유로 읽어 볼 수 있을 겁니다. 그는 근대사회를 상징하는 건물이 우뚝 선 기념식장에 "줄지어 늘어선 유니폼 속에서" 눈물을 줄줄 흘립니다.

그런데 이 유니폼이야말로 근대사회가 작동하는 방식을 잘 보여주는 상징물입니다. 유니폼을 입는 순간 이 옷을 입은 사람은 누구누구의 아들이나 누구누구의 아버지가 아니라 회사가 명령하는 일을 수행하는 기계적인 사람이 되어야 합니다. 같은 유니폼을 입고 있다면 모두가 똑같은 사람이고, 누가 유니폼을 벗고 회사를 나갔다면, 금세 새로운 사람으로 빠진 자리가 보충되는 곳이 근대사회입니다.

　이상이 줄지어 늘어선 유니폼 속에서 눈물을 줄줄 흘리면서 비애와 서글픔을 느끼는 것은 이 때문입니다. 게다가 이 유니폼이 이상에게 준 자리는 바로 '최하급 기술자'입니다. 이상이 얼마나 대단한 시를 쓰고 소설을 쓰는 예술가인가 상관없이, 이상이 머릿속에서 아인슈타인을 넘어서는 놀라운 우주적 상상을 하든 말든 상관없이, 조선총독부는 이상에게 '최하급 기술자'라는 이름을 주었습니다. 그리고 이곳에서의 삶은 매일매일이 똑같은 현재의 시간만을 강요하는 삶이지요. 이렇게 이상은 근대 도시의 문화를 즐기는 생각 없는 '모던 보이'가 아니라 식민지 조선인이라는 위치, 그리고 일제에 의해 식민화된 근대 속에서 살아가는 근대인이라는 위치를 객관적으로 바라보면서 자신이 처해 있는 위치를 가슴 아플 정도로 분명하게 읽어 냅니다. 그러나 이상은 거기에서 멈추지 않고 굉장히 넓은 시야로 1930년대 당대의 동아시아 국제 정세를 읽어 내고 일본의 군국주의적 야망에 대한 비판을 자신의 시에 암호처럼 숨겨 두었습니다.

피로 쓴 시대의 혈서

　사실 이 암호들은 너무나 은밀해서 최근까지도 이런 이상의 모습은 잘 드러나지 않았습니다. 하지만 이상을 가장 잘 이해한 사람으로 알려져 있는 김기림은 이상의 이런 모습을 우리에게 끊임없이 알려 주고 있었습니다. 김기림은 "상은 한 번도 잉크로 시를 쓴 일은 없다. 상의 시에는 언제든지 상의 피가 임리(淋漓)※하다. 그는 스스로 제 혈관을 짜서 '시대의 혈서'를 쓴 것이다."라고 말한 바 있습니다. 김기림은 또 1935년 6월, 프랑스 파리에서 점점 세력이 확대되고 있는 파시즘의 위협에 맞서는 '문화옹호국제작가대회'가 열린다는 소식이 전해졌을 때 가장 흥분한 사람은 이상이었다고 전해 주기도 했지요. 특히, 이상은 조선총독부 건축 기사로 근무하고 있을 당시 이공계 출신 조선인들이 결성한 '조선공학회'라는 단체에 가담하기도 했는데, 이 단체는 일본 고등계 비밀경찰이 이 모임의 활동을 주시할 정도로 일제에 비판적인 민족 항일 단체였던 것으로 알려져 있습니다.

이상은 1936년 동경으로 건너갑니다. 그 무렵 이상은 동경에 가면 지금까지 자신이 발표한 작품들보다 훨씬 전위적인 문학 활동을 할 수 있을 것이라 기대했던 것 같아요. 일단 동경은 경성보다 발전한 거대한 근대 도시였고, 그가 즐겨 읽었던 〈시와 시론〉이라든가 〈세르팡〉과 같은 모더니즘 문학잡지를 만든 일본의 문인들과 예술적 교류도 가능할 것이라 생각했기 때문이지요. 하지만 일본으로 건너간 뒤 이상이 직접 목격한 동경의 모습은 파리나 뉴욕과 같은 서양의 근대 도시를 모방한 것에 지나지 않았습니다. 일본에 비해 근대화가 덜된 조선의 경성처럼 일본의 동경 또한 서양 근대를 흉

임리(淋漓) 피, 땀, 물 따위의 액체가 흘러 흥건한 모양

내 내고 있는 가짜였던 것이지요. 이때 이상이 느낀 실망감은 그가 가장 좋아하고 의지했던 김기림에게 보낸 몇 통의 편지 속에 고스란히 적혀 있어요.

> 기어코 동경 왔소. 와 보니 실망이오. 실로 동경이라는 데는 치사스런 데로구려!
>
> 「김기림에게 보낸 편지」 중에서

뿐만 아니라 수필 「동경」에서는 이렇게 실망감을 토로하고 있지요.

> 내가 생각하는 '마루노우찌 삘딩' ― 속칭 마루비루 ― 는 적어도 이 '마루비루'의 네 갑절은 되는 웅장한 것이었다. 뉴육(紐育)**
> '부로 ― 드웨이'에 가서도 나는 똑같은 환멸을 당할른지 ― 어쨌든 이 도시는 몹시 '깨솔링' 내가 나는구나! 가 동경의 첫인상이다.
>
> 「동경(東京)」 중에서

크게 실망한 이상은 조선에서 그랬던 것처럼 골방에 틀어박혀 다시 글을 쓰기 시작했습니다. 일제의 군국주의의 세력이 점점 확장되고 있던 이때, 이상의 모습이나 행동은 일본 경찰들의 눈에 의심스럽게 보일 수밖에 없었을 거예요. 아니나 다를까, 동경에서 지낸

뉴육(紐育) 뉴욕(new york)

지 몇 개월 되지 않은 어느 날 산책을 나갔던 이상은 '불령선인(不逞鮮人)'이라는 죄목으로 일본 형무소에 끌려가 고초를 당합니다. '불령선인'이라는 말은 '불온하고 불량한 조선 사람'이라는 뜻으로, 일본 제국주의자들이 자기네 말을 따르지 않는 조선인을 이르던 말이었지요. 폐결핵이 악화되는 바람에 겨우 풀려나긴 했지만 형무소 생활에서 겪은 고초는 이상의 병을 돌이킬 수 없게 악화시켰습니다. 결국 이상은 1937년 4월 17일 동경대학병원의 한 침대에서 "레몬 향기가 맡고 싶소"라는 마지막 말을 남긴 채 숨을 거두고 맙니다. 입원 소식을 듣고 부랴부랴 건너온 변동림과 지인들이 지켜보는 가운데 말이에요.

비록 '불령선인'이라는 의심스러운 죄목으로 일본 경찰에게 끌려가 고초를 겪다가 결국 숨을 거뒀지만, 일본 군국주의에 대한 이상의 섬세하고 비판적인 시선은 그가 자신의 작품을 세상에 내놓기 시작한 30년대 초반부터 은밀하게 표현되고 있었습니다. 식민지 조선을 지배하기 위해 만들어진 조선총독부라는 일제의 한가운데에서 이상은 아주 비밀스럽게 일본 군국주의에 대한 비판을 자신의 시에 심어 놓고 있었어요. 이렇게 말이죠.

열하약도 No.2 (미정고)*

미정고(未定稿) 아직 완전하게 만들지 못한 원고

식민지 지식인의 고뇌와 역사 비판

1931년의풍운을적적하게말하고있는탱크가이른아침짙은안개
에붉게녹슬어있다.

　　객잔(客棧)*의 항(炕)의내부. (실험용알콜램프가등불노릇을하고
있다)

　　벨이울린다.

　　아이가20년전에사망한온천의재분출을알린다.

　　이 시는「삼차각설계도」연작시와 함께 이상이 〈조선과 건축〉이
라는 잡지에 발표한「건축무한육면각체」연작시 중 한 편입니다.
그리고 이 시를 발표할 즈음에 이상은 조선총독부에서 건축과 기수
로 일을 하고 있던 중이었죠.

　　이 시에서 이상은 첫 행에서 "1931년의 풍운을 적적하게 말하고
있는 탱크가 이른 아침 짙은 안개에 붉게 녹슬어 있다."라고 말하면
서 탱크가 있는 어느 아침 풍경으로 시를 시작하고 있습니다. 그렇
다면 '1931년의 풍운'이란 무엇일까요? 우선 '풍운'이라는 말은 사
회적으로나 정치적으로 세상이 크게 변하려는 기운이 느껴지거나
이런 기운 때문에 혼란스럽고 어지러운 분위기가 생겨날 때를 비유
적으로 이르는 말입니다. 그러면 1931년에 벌어진 정치적이고 사
회적인 큰 사건에는 무엇이 있었을까요? 그것은 바로 만주사변입

객잔(客棧)　여관. 중국의 숙박 시설로, 주로 상품을 거래하거나 상담을 하는 지방 상인의 숙소
로 이용된다

니다. 만주사변은 1931년 9월 일본이 만주를 침략하여 일으킨 전쟁을 말하지요.

일본은 일찍부터 드넓은 만주 지역을 차지하려는 야욕을 가지고 있었습니다. 하지만 지켜보는 세계열강의 눈 때문에 무턱대고 총칼을 들고 만주로 들어갈 수 없었던 일본은 계략을 하나 세웠습니다. 만주의 철도 선로를 일부러 폭파한 다음, 이를 중국 쪽에 뒤집어씌우면서 만주로 들어가는 방법이었지요. 계획대로 철도를 폭파한 일본은 드디어 군사 행동을 개시하여 1931년 9월 18일 만주 점령 작전을 펼친 뒤, 1932년 3월 1일 그곳에 만주국을 세웠지요. 중국은 일본의 불합리한 행태에 대해 국제연맹에 제소를 했고, 국제연맹은 만주에서 일본군이 철수할 것을 권고했지만 일본은 이를 거부하고 1933년 3월 국제연맹을 탈퇴했습니다. 그리고 만주 침략으로 세력을 강화한 일본은 군국주의 체제로 전환했지요.

이상의 시 「열하약도 No.2」가 만주에서 벌어진 어떤 사건과 관련이 있다는 것은 이 시의 제목을 통해서도 알 수 있습니다. 이 제목은 '열하의 약도'라는 뜻을 지니고 있는데, '열하'는 만주에 있는 성이자 그 지역을 가리키는 이름이기 때문입니다. 그리고 두 번째 시행에 있는 '항'이라는 말이 만주 지역의 온돌방을 뜻하는 '캉'이라는 것을 알고 나면 이런 사실은 더 뚜렷해집니다. 그러니까 이 시를 대강 정리해 보면 이렇습니다. 이 시의 화자는 지금 만주에 있는데, 그곳에서 붉은 빛깔의 녹슬어 있는 탱크를 봤으며, 여인숙(객잔)에 투숙하고 있습니다. 전쟁 때문인지는 모르겠지만 여인숙에 제대로 된

식민지 지식인의 고뇌와 역사 비판

등불 하나 없이 실험용 알코올램프를 켜 놓았을 만큼 물자가 넉넉하지 않은 상태입니다. 그런데 이때 어디선가 전화가 걸려 옵니다. 여인숙에서 심부름을 하는 아이가 화자에게 20년 만에 온천이 다시 솟아올랐음을 알립니다.

그렇다면 20여 년 전에는 어떤 일이 일어났던 걸까요? 이 시가 써지고 있는 시점이 1931년이니까 20년 전에 벌어진 일이라는 것은 바로 1910년에 벌어진 한일병합, 그러니까 일본이 조선의 국권을 빼앗은 역사적인 사건을 의미하는 것이겠죠. 즉, 이 시는 일본 군국주의가 다시 일어서고 있다는 사실을 은밀하게 고발하고 있는 시였던 것입니다. 그럼에도 이상은 검열을 피하기 위해 마치 '열하'가 만주국에 있는 성을 뜻하는 것이 아니라는 양 '온천이 분출한다'라고 말합니다. '열하(熱河)'라는 한자를 그대로 풀어 쓰면 '뜨거운 강'이라는 뜻이기도 하니까요.

이상의 시 중에 「열하약도 No.2」처럼 시 한 편을 고스란히 정치·사회적인 비판으로 읽을 수 있는 시는 사실 별로 없습니다. 당시에는 일본의 검열이 극심했기 때문에 함부로 이런 내용이 담긴 시를 발표할 수 있는 상황이 못 되었기 때문입니다. 「열하약도 No.2」가 들어 있는 「건축무한육면각체」 연작시 중 「출판법」이라는 시에는 역시 굉장히 난해한 이미지로 일본의 검열제도를 비판하는 이상의 목소리가 들어 있습니다. 이해하기에 상당히 어려운 시지만 한번 옮겨 볼게요.

I

허위고발이라는죄목이나에게사형을언도했다. 자태를감춘증기
속에서몸을가누고나는아스팔트가마를비예(睥睨)[*]하였다.

－직(直)에관한전고(典故)한구절－

　기부양양 기자직지(其父攘羊 其子直之)

나는안다는것을알아가고있었던까닭에알수없었던나에대한집행
이한창일때나는다시금새로운것을알아야만했다.

　나는새하얗게드러난골편을주워모으기시작했다.

　'거죽과살은나중에라도붙을것이다'

　말라떨어진고혈에대해나는단념하지아니하면아니되었다.

　　Ⅱ 어느경찰탐정의비밀신문실에서

　혐의자로검거된남자가지도의인쇄된분뇨를배설하고다시금그
걸삼킨것에대해경찰탐정은아는바가하나도있지않다. 발각될리
없는급수성소화작용 사람들은이것이야말로요술이라고말할 것
이다.

　'너는광부에다름이없다'

　참고로부언하면남자의근육의단면은흑요석[*]처럼빛나고있었

비에(睥睨)　눈을흘겨보다
흑요석　규산이풍부한유리의화산암

다고한다.

「출판법」중에서

　첫 번째 시행에 있는 '허위 고발의 죄목'이라든가 '혐의자로 검거된 남자'와 같은 시구를 가만히 살펴보면, 이 시가 출판물들을 검열하는 사람이 검열 대상 출판물을 작성한 사람을 잡아서 취조하는 내용의 시라는 것을 짐작할 수 있습니다. 이 취조가 얼마나 무서웠던지 이 시의 시적 화자는 "나는 안다는 것을 알아가고 있었던 까닭에 알 수 없었던 나에 대한 집행이 한창일 때 나는 다시금 새로운 것을 알아야만 했다."라고 말합니다. 뭔가 수수께끼처럼 알쏭달쏭한 말이지만 당시 분위기를 유추해 보면 그리 어려운 말도 아닙니다. 이 문장을 조금 풀어 보면 아마 이런 뜻일 겁니다. 죄를 추궁당하고 있는 '나'는 나의 인쇄물이 어떤 잘못을 저질렀는지 이해되지 않지만, 검열관들은 없는 죄를 만들어 자꾸만 '나'를 죄인으로 만듭니다. 그러니까 이 문장은 이런 뜻이겠지요. '나는 모르는 일이지만, 검열관이 "너는 이런 것을 알고 있었다."라고 말하는 것을 들으면서 몰랐던 일을 알아가고 있었던 까닭에 취조가 계속되면 될수록 나는 다시금 새로운 것을 계속 알아야만 했다.'라고 말이지요.

　이런 식의 괴상한 상황에 대해 어떤 이상 연구자는 '카프카적 상황'이라는 이름을 붙이기도 했어요. 카프카의 유명한 소설 『심판』을 보면, 자기가 무슨 죄를 저질렀는지도 모르고, 또 자신에게 판결을 내리는 판사의 얼굴조차 보지 못한 채 판결을 받아 죽임을 당하는 기괴한 재판이 나오는데, '카프카적 상황'이란 바로 이런 사태를 말하는 것입니다.

영화 〈변호인〉에서도 이와 비슷한 상황이 등장하지요. 이 영화를 보면 고문 기술자가 어린 학생을 잡아서 고문을 하면서, 그 어린 학생이 저지르지도 않은 죄를 자백하게 하는 장면이 나옵니다. 자백의 일관성을 유지해야 한다는 명목 아래 이 불쌍한 어린 학생은 그들이 주문하는 대로 자기가 저지른 적도 없는 죄들을 외워야만 하지요. 자신이 한 짓이 아니었기 때문에 그 죄목들을 시험공부를 하듯이 외워야만 했던 것입니다. 그리고 잘못 외웠을 때에는 또 그만큼의 끔찍한 고문을 견뎌야 했습니다. "나는 안다는 것을 알아가고 있었던 까닭에 알 수 없었던 나에 대한 집행이 한창일 때 나는 다시금 새로운 것을 알아야만 했다."라는 이상의 문장이 어려운 것은, 이상이 시를 어렵게 썼기 때문이 아니라 이상이 그 시를 쓰고 있는 상황 자체가 너무나 불합리한 상황이었기 때문입니다.

우리가 이상을 읽어야 하는 이유

이렇게 검열이 심한 상황에서 이상이 일본과 일본의 군국주의를 직접적으로 비판하는 문학작품을 쓰기는 굉장히 힘들었을 것입니다. 하지만 이상은 시의 이미지들을 조각조각 파편으로 만들어서 자신의 시 곳곳에 은밀하게 뿌려 놓았습니다. 이상의 시를 읽다 보면 안 그래도 맥락이 분명하지 않은 시에 뜬금없이 '전쟁'이라든가

'군용장화' 같은 시어가 등장하는 경우가 많습니다. 이를테면 「오감도 시제 12호」가 그렇습니다.

오감도 시제12호

때문은빨래조각이한뭉텅이공중으로날아떨어진다. 그것은흰비둘기의떼다. 이손바닥만한한조각하늘저편에 전쟁이끝나고평화가왔다는선전이다. 한무더기비둘기의떼가깃에묻은때를씻는다.이손바닥만한하늘이편에방망이로흰비둘기의떼를때려죽이는불결한전쟁이시작된다. 공기에숯검정이가지저분하게묻으면흰비둘기의떼는또한번이손바닥만한하늘저편으로날아간다.

이 시는 언뜻 보면 빨래터의 풍경을 그리고 있는 시처럼 읽힙니다. 때 묻은 빨래 조각이 한 뭉텅이 공중으로 날아 떨어지고 있는데, 이상이 이 빨래들을 비둘기에 비유하고, 또 비둘기에서 평화라는 말을 떠올리는 식으로 연상 작용을 이용해 쓴 그런 시처럼 읽히지요. 따라서 시에 사용된 '평화'나 '전쟁' 같은 시어들은 구체적인 역사적 배경을 품고 있는 특정 시어들이라기보다는 굉장히 추상적인 수준의 시어들처럼 읽힙니다.

하지만 중국과 만주, 그리고 식민지 조선, 그리고 일본이라는 동아시아 삼각 구도 속에 저 시를 가져다 놓으면 '하늘 저편의 전쟁'은 만주사변처럼 중국과 만주에서 벌어지고 있는 일본의 침략 전쟁을

뜻하고, '하늘 저편의 전쟁이 끝나고 평화가 찾아왔다는 선전'과 '하늘 이편에서 시작되는 불결한 전쟁'은 만주와 중국에서의 전쟁이 어느 정도 진정되고 일본이 본격적으로 조선을 침탈하려는 야욕이 생겼다는 뜻으로 읽을 수가 있는 것입니다. 그리고 일본의 이 야욕은 조선에서 끝나는 것이 아니라 다시 '하늘 저편'의 대륙으로 뻗어나갈 것이라는 이상의 경고이기도 한 것이지요.

20대 초반의 젊은 청년이었던 이상은 이렇게 상당히 넓은 시야로 국제적인 정세를 파악하면서 일본 군국주의의 시커먼 속내를 식민지 조선 민족에게 알리고 있었습니다. 이것은 상당히 뛰어난 정치 감각입니다. 이런 시를 발표할 때 이상의 나이가 20대 초반이었다는 점을 생각하면 더욱 그렇습니다.

세계정세를 분석해 내는 이상의 이러한 역사 감각과 정치 감각은 우리가 갖고 있는 선입관처럼 이상이 골방에 홀로 틀어박혀 아무도 이해하지 못하는 말들을 주절거리는 심신이 허약한 사람이 아니라는 것을 말해 줍니다. 오히려 이상은 스스로를 그렇게 괴상하고 기이한 사람으로 만들면서까지 조선 민족과 세계 인류에게 경고하고 싶었는지도 모릅니다. "내가 이상하게 보이나요? 바로 그 이상한 저의 얼굴이 여러분이 지금 살아가고 있는 이 세계의 모습이고, 이 이상한 세계에 살고 있으면서도 이상하다고 생각하지 못하는 바보 같은 당신의 얼굴입니다. 나는 당신과 당신이 속해 있는 이 세계의 거울입니다." 이렇게 말이에요. 그러니까 이상은 어떤 의미에서 우리 시대의 '이상한 나라의 앨리스'인지도 모르겠습니다. 부조리하고 불합리한 세계를 비추는 거울 같은 존재 말이지요.

하지만 바보같이 우리들은 아직까지도 이상이 우리에게 던지고 있는 애정 가득한 충고를 제대로 읽어 내지 못하고 있는지도 모릅니다. 이상은 여전히 이상하고 낯설어 영원히 해결되지 않을 것만 같은 난해한 문제들을 우리에게 던져 주고 있으니까요. 하지만 바로 이것이 우리가 이상의 작품을 열심히 읽어야 하는 이유이기도 합니다. 김기림의 말처럼 이상은 단지 한 사람의 작가이기만 한 것이 아니라 이 시대의 축도(縮圖)이기 때문입니다. 이상의 작품을 읽어 가며 여러분이 매일매일 조금 더 아름다운 사람이 되기를, 그리고 그런 여러분들의 힘이 모여 매일매일 조금 더 아름다운 세상이 되기를 기대해 봅니다.

작·가·탐·구·활·동

[1] 1930년대 모더니즘 문학 집단인 구인회는 1933년 8월 15일 문학을 좋아하는 문학청년들의 모임으로 세상에 소개되었습니다. 이태준, 정지용, 김기림, 이상, 박태원, 김유정 등 '구인회' 회원들은 1930년대 중반 한국 문단에서 가장 왕성하게 활동한 작가들이기도 했습니다. 특히 이상이 쓴 「김유정」이라는 소설에는 이상과 아주 친하게 지냈던 문인들에 대한 이상의 생각이 매우 유머러스하게 적혀 있습니다. 이상의 소설 「김유정」을 찾아 읽고 이상이 김기림과 정지용, 이태준, 김유정과 같은 문인을 어떻게 묘사하고 있는지 정리해 봅시다.

[2] 이상이 운영했던 다방 '제비'에서 김기림이나 박태원과 같은 이상의 친구들은 이상과 같이 문학과 그림과 음악을 이야기하고 그런 예술들을 함께 즐겼지요. 그런데 제비 다방과 같은 젊은 예술가들의 아지트가 앙리 뮈르제의 『보헤미안의 생활정경』이라는 소설에도 등장합니다. 이 소설은 영화 〈라보엠〉으로 만들어지기도 했지요. 그리고 이상이 제비 다방이나 무기 다방과 같은 공간을 계속해서 만들면서 꿈꾸었던 예술 공동체의 모습은 같은 시기 유럽의 보헤미안 예술가들이 추구하던 모습이기도 했습니다. 다음 글을 참고해 이상이 꿈꿨던 예술적 세계를 여러분도 함께 그려 보세요.

〈라보엠〉의 원작은 앙리 뮈르제의 소설 『보헤미안의 생활정경』이다. 푸치니는 뮈르제의 소설을 각색하면서 시인 루돌프와 지순지고하지만 끝내 결핵으로 삶을 마감하는 미미의 사랑 이야기에 초점을 맞추었다. 그러나 원작인 앙리 뮈르제의 『보헤미안의 생활정경』은 보다 복합적인 플롯을 지니고 있으며 다양한 인물들의 개성적인 면모도 비교적 균등하게 배치되어 있다. 19세기 초 혁명의 기운이 감돌고 있던 파리의 가난한 예술가들의 삶과 사랑을 그리고 있는 것으로 유명하지만, 20세기 추상예술을 선언하고 전개했던 아방가르드 예술가들의 보헤미안적인 삶의 모델을 여기서 추출할 수 있을 것이다. 거룩한 시인 루돌프, 그림의 거장 마르셀, 음악의 대가 쇼나르, 위대한 철학가 콜린느 등 4명의 예술가들이 카페 '모뮈스'를 중심으로 그들의 예술적 포부와 사랑을 펼쳐 나간다. 그들이 일정하게 모이는 카페가 있고, 이들과 낭만적인 연애를 나누는 여성들이 있으며, 예술에 헌신하는 인물들의 공동체적 우정과 사랑이 있다는 점은 20세기 몽마르뜨 중심의 일군의 예술가들의 삶의 모델로써뿐 아니라 우리에게는 이상을 둘러싼 '구인회' 작가들의 문학 연구에 중요한 암시를 준다고 하겠다.

조영복, 「이상의 예술체험과 1930년대 예술 공동체의 기원」, 〈한국현대문학연구〉, 2007년 12월

[3] 거울과 거울을 마주보게 할 때 무한히 서로를 반영하는 이 이미지를 조금 어려운 말로 '미장아빔'(mise en abyme)이라고 부릅니다. 「거울」이라는 시에서도 나타나지만 이상 문학에는 끝없이 반사되는 '미장아빔'과 같은 대칭 구도가 상당히 많이 등장합니다. 「선에관한각서 1」에 나오는 숫자와 점으로 이루어진 숫자판도 대각선으로 접어 보면 대칭 구도로 배열되어 있다는 것을 알 수 있고, 「선에관한각서 2」도 자세히 보면 대칭 구도로 되어 있지요. 뿐만 아니라 소설 「날개」에서 주인공인 '나'의 방

과 '아내'의 방도 대칭적으로 설계되어 있어요. 이렇게 대칭 구도는 이상 문학을 이해하는 데 있어 굉장히 중요한 역할을 합니다. 이상의 작품을 펼쳐 보고 대칭 구도라 할 수 있는 것들을 되도록 많이 찾아보세요.

[4] 이상은 1933년 〈가톨릭청년〉에 「꽃나무」, 「이런 시」, 「1933. 6. 1」, 「거울」을 발표하면서 한국어로 된 시를 쓰기 시작합니다. 33년 이전에 발표된 이상의 시는 모두 일본어로 쓰여 있지요. 일본어로 발표되었지만 한국어로 쓰인 이상의 시는 해방 후 다른 사람들에 의해 번역된 것입니다. 그러면 이상의 시를 누가 번역했는지 조사해 보고, 그들이 이상과 어떤 관계가 있는지도 생각해 봅시다.

[5] 이상은 영화를 굉장히 좋아한 작가로 알려져 있습니다. 이상은 20년대 유럽의 전위적인 예술영화는 물론이고 〈프랑켄슈타인〉, 〈지킬박사와 하이드〉와 같은 심리 괴기물에도 큰 관심을 보였지요. 이상의 수필에서 이런 영화 제목은 심심치 않게 등장합니다. 〈프랑켄슈타인〉이나 〈지킬박사와 하이드〉와 같은 작품을 영화나 소설로 본 뒤, 이상이 이 작품들의 어떤 점에 매력을 느끼고 좋아했을지 여러분도 한번 생각해 봅시다.

[6] 이상 시에는 특이하게도 수학적 기호들이 많이 등장하지요. 다음 글들을 참조해서 이상 문학에서 수학적 기호가 갖는 의미를 각자 나름대로 생각해 봅시다.

수학에서는 어느 한 단어도 어느 한 문장도 고립되어 나타나지 않는다. 수학에서 존재는 관계이고 있음은 걸려 있음이다. 수학이란 결국 서로 연결되어 있는 존재들 사이의 관계들을 대응시키는 작업이다. (중략)「선에 관한 각서」에서 1 2 3 또는 1 2 3 4 5 6 7 8 9 0 을 가로 세로로 늘어놓아 본다든지 4의 모양을 사방으로 돌려놓아 본다든지 하는 것이 다 숫자들이 고립되어 존재하는 것이 아니라는 생각을 나타내는 방법이라고 볼 수 있다. 숫자들이 사람처럼 살아서 서로 연관되어 운동하고 있기 때문에 수학은 현상과 본질의 차이를 명료하게 보여 준다.

김인환,「이상 시의 문학사적 위상」,『13인의 아해가 도로로 질주하오』, 수류산방중심, 2013

「진단 0:1」은 대수적인 10개의 숫자를 10줄로 나열했는데, 마침표처럼 보이는 어떤 점이 끝 숫자 밖에서부터 점차 안으로 파고드는 모습을 그렸다. 이것은 이 대수적인 명료한 질서를 붕괴시킬만한 어떤 미지의 수를 이 대수적 질서 속에 심어 놓은 듯하다. 즉 이 미지의 점은 처음에는 10개의 숫자 밖에 있지만 한 줄씩 내려갈 때마다 하나씩 안으로 파고들어 온다. 마지막엔 첫 숫자 1 바로 앞에 위치한다. 이렇게 해서 모든 숫자 사이에 한 번씩 있게 되는데, 그렇게 함으로써 이 명료한 질서로 이루어진 (순차적으로 1씩 증감하는) 모든 대수적 숫자의 사이에 혼란스런 틈을 퍼뜨린다. 즉 모든 곳에서 숫자의 질서를 한번씩 흔들어 버린다. 이것이 바로 대수적 숫자에 사로잡힌 자들, 또는 대수적 체계 속에 들어 있을지도 모르는 이상한 바이러스를 끄집어내 보여 준 것은 아니겠는가. 그 바이러스에 의한 질병을 대수 체계는 피할 수 없다는 것이 이상의 진단이다.

신범순,『이상의 무한정원 삼차각나비』, 현암사, 2007

1910	안중근, 여순에서 사형됨. 한일병합.
	서울 경복궁 옆 마을 반정동에서 출생. 본명은 김해경(金海卿).
1912	큰아버지 김연필의 집에 양자로 감. 이곳에서 24세까지 생활.
1917	신명학교에 입학. 그림 그리는 것을 좋아하는 아이로 자람.
1924	보성고보 시절 교내 미술전람회에 유화 〈풍경〉을 출품하여 입선.
1929	경성고공 건축과를 수석으로 졸업. 조선총독부 건축과에서 근무.
	〈조선과건축〉 표지 도안 현상 모집에 1등과 3등으로 당선.
1930	장편『12월 12일』을 〈조선〉에 연재. 처음으로 각혈을 함.
1931	연작시 「이상한가역반응」, 「조감도」를 〈조선과 건축〉에 일본어로 발표.
	제10회 조선미술전람회에 〈자상〉 입선.
1932	만주국 건국. 루즈벨트 미 대통령 당선.
	연작시 「건축무한육면각체」, 소설 「지도의 암실」을 〈조선〉에 발표.
1933	조선총독부에 사표를 내고 배천 온천으로 요양을 떠남.
	배천 온천에서 금홍과 만남.
	다방 '제비'를 차림. 마담으로 금홍을 불러 3년간 같이 삶.
	박태원, 김기림 등과 친하게 지냄. 정지용의 권유로 〈가톨릭청년〉에 우리말 시를 처음으로 발표. 「꽃나무」, 「이런시」, 「거울」 등
1934	구인회 입회. 이태준의 소개로 연작시 「오감도」를 〈조선중앙일보〉에 15호까지 발표. 독자들의 항의로 연재 중지.
	박태원의 「소설가 구보 씨의 일일」의 삽화를 '하융'이라는 필명으로 그림.

1935
다방 제비 폐업. 금홍과의 결별. 인천, 성천 등지를 여행.
이 시절 여행 경험은 「산촌여정」, 「권태」 등의 글쓰기 소재가 됨.

1936
구인회 회지 〈시와 소설〉 편집. 헤어진 금홍과 잠깐 재회하지만
다시 이별함. 이별의 기록은 「봉별기」에 있음.
변동림과 결혼했지만 혼자서 동경으로 떠남.
「날개」, 「종생기」, 「봉별기」, 「지주회시」, 「실화」 등의 소설과
「위독」, 「지비」, 「가외가전」, 「명경」, 「역단」 등의 시, 그리고
「서망율도」, 「조춘점묘」, 「권태」 등을 씀.

1937
집 근처로 산책을 나갔다가 '불온한 조선인'이라는 죄명으로
일본 경찰에 체포되어 34일간 구속 수감됨.
이후 건강이 매우 쇠약해짐.
4월 17일 새벽, 동경제국대학병원에서 변동림의 품에 안겨
죽음을 맞이함. 이후에 미아리 공동묘지에 안장됨.

경성고공 시절의 이상

총독부 기수 시절의 이상

동경으로 가기 직전의 이상